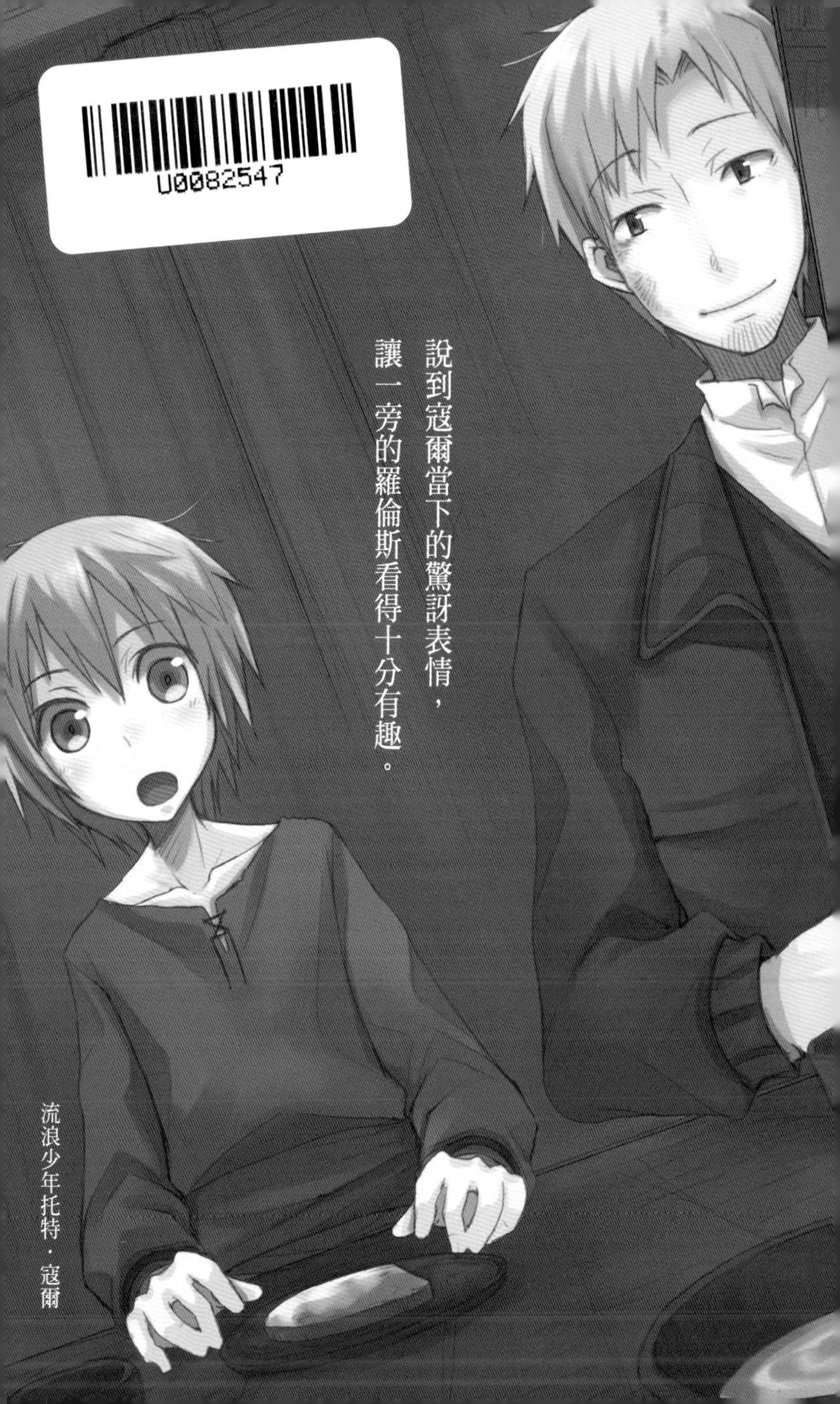
說到寇爾當下的驚訝表情，
讓一旁的羅倫斯看得十分有趣。

流浪少年托特・寇爾

「沒其他表現了？」
赫蘿閉上一隻眼睛，
然後看似開心地擺動耳朵，
在羅倫斯手掌底下輕聲說道。

「沒想到會有男人拿那隻狼給的介紹信來找我，
你到底抓到她什麼把柄啊？」
珍商行主人泰德・雷諾茲

Contents

狼與辛香料Ⅷ

序幕

雲層遮住月亮，黑暗籠罩了四周。

冷風時而徐徐吹來，瀏海隨之緩緩飄動。

在以金屬絲製成的燈具中，燃燒動物油脂的火焰不安地晃動著。

這裡冷得錐心刺骨。

每當載滿貨物的馬車向前行進，就會傳來踏入冰面的聲音。

沒有人開口說話，一行人只是默默地前進。

貨物旁的微弱燈光晃動著，映出馬匹的粗大頸部，以及拉著其轡繩行走的馬夫後腦勺。

一行人宛如由死人所組成的隊伍般，沉默地邁步前進——到處都有這樣的鄉野軼聞。

不同於軼聞的是，一行人當中唯有一人佇立不動。

或許是為了趕馬，也可能是為了斥罵馬夫，那人手上沒有提著油燈，而是拿著拐杖。

只有那人停下腳步，看向此處。

如死人般面無表情的隊伍之中，唯有這個停下腳步的人露出驚訝表情。

「晚安。」

或許是空氣太冰冷的緣故，這簡短的一句話顯得特別響亮。

這時如果蹲下，抓起一把腳邊的砂石，就會知道那砂石冷如碎冰。
在黑暗、冬季寒氣與沉默之中，雙方不知道對峙了多久。
對方是就算遇到意料外的狀況，也能夠表現得泰然自若的老練商人。
即便如此，似乎還是花了點時間，才總算理解發生了什麼事。
「騎快馬來的？」雖然對方這麼問，但其實內心早已否定了這樣的可能性。
當然了，沒有一個商人會露出自己的所有本領，所以沒必要回答對方的問題。
所以，來者在黑暗之中搖了搖頭。
寒風吹起。
黑暗之中，馬車隊伍彷彿走向斷頭台似的，靜靜穿過高掛在城牆入口處的火炬下方。
照理說，這時候應該善用自己的優勢才對。
然而，事實沒有戲裡來得精彩。在緊要關頭體力用盡、無法好好應對的狀況並不少見。
因為事實上並沒有使用魔法，而是歷經奔波才來到了這裡。
「我們先到溫暖的旅館，再好好聊一聊，如何？」
來者代替疲累得說不出話來的同伴們這麼說。
「伊弗小姐。」
對方是老練的商人。對於符合現實狀況的提議，當然給了相應的答案。

第一幕

「嘖……嗯……」

她抿著嘴不停咀嚼，很快地將食物嚥下，接著再度張嘴。

這時只要用湯匙舀起粥送過去，大張的嘴巴便會立刻咬下。

不知道是不是牙癢，她不時會咬住湯匙。都一大把年紀了，還像隻剛長牙的小狗一樣。

像隻小狗的她，在吃完兩木碗放入大量麵包屑、口感紮實的粥後，似乎總算是滿足了。她用舌頭把沾在嘴邊的粥舔乾淨後，嘆了口氣。床上擺了兩顆塞滿羊毛的高級枕頭，而她躺在枕頭上的模樣，看起來還有點像正在療養身體的公主。

不過很遺憾地，她的體格太單薄，沒有公主的貴氣。

身為一個有幸擁抱過她的人，羅倫斯的感想是：她雖然沒有想像中那麼弱不禁風，但不可否認地，至少不是很有肉的類型。

不對——羅倫斯覺得她今天之所以顯得特別瘦弱，一定是頭髮難得翹起來的緣故。

還有，因為她臉腫腫的，所以表情看起來極度不開心，令人害怕。

這位體格單薄的公主名為赫蘿。

當然了，赫蘿根本不是什麼公主，就算有那種可能，也會是女王。

而且是住在白雪皚皚的北方森林女王。
赫蘿頭上長著威武尖起的狼耳朵，腰部長著威風凜凜的尾巴。
她的外表看起來像個妙齡少女，但真實模樣是一匹能夠一口吞下壯漢的巨狼。赫蘿自稱為賢狼，是一隻寄宿在麥子裡、掌控其豐收，而且活了好幾百年的狼。
然而，就算她的身世氣派得足以與歷代諸侯並駕齊驅，只要看到現在的赫蘿，也能夠明白那些祈禱麥子豐收的村民們為何不想再繼續仰賴她。
看見赫蘿頂著一頭亂翹的頭髮，讓人餵她吃飯的樣子，哪還有什麼威嚴或權威可言呢。
若是把赫蘿這樣的醜態說成她對羅倫斯的信任，或許還滿動聽的。
但羅倫斯覺得那只是看待事情的角度不同而已。
說起來，這是羅倫斯第二次殷勤地餵赫蘿吃飯，但卻沒聽她向自己說過一次「謝謝」。
赫蘿這次也是一副理所當然的模樣，吃完飯便立刻大聲打嗝，然後不停微微動著耳朵。赫蘿的視線看向遠方，想必是在回想些什麼吧。
隔沒多久，她皺起眉頭，露出一臉的不悅。
「賢狼竟然會肌肉酸痛？說了誰會相信啊？」
羅倫斯一邊收拾餐具，一邊這麼說。這時，赫蘿從遠方拉回視線說：
「汝不是比較喜歡咱這樣柔弱的、呃……」

說到一半，赫蘿試圖做出微微傾頭的動作，但未能如願。

昨天，赫蘿載著羅倫斯與流浪學生——少年寇爾，在荒野上奔跑了大半天。

或許是能夠在陽光底下盡情奔跑，讓赫蘿開心過了頭，當抵達旅館時，她已經累得連階梯都爬不上去。儘管如此疲累，直到入睡前，赫蘿還是兩眼炯炯有神，顯得特別興奮的樣子。

在那段路程中，赫蘿幾乎沒有停下來休息，反而是只需要緊緊貼在赫蘿背上的羅倫斯兩人，因為跑得實在太久，險些就要舉手投降了。

即便如此，赫蘿仍然一副不夠盡興的模樣。那模樣與其說像是深謀遠慮、冷靜勇猛的森林之狼，還不如說像是被野放的家犬。羅倫斯抱著諷刺的心態誇獎赫蘿腳程快、體力又好，沒想到赫蘿居然露出不曾表現過的得意表情，驕傲地挺起胸膛。

由一根根宛若銀絲的氣派毛皮裹住身軀的巨狼，抬頭挺胸地坐在地上。那模樣確實如同狼神般威風凜凜。

不過，帶著諷刺的意味誇獎她，卻得到赫蘿喜孜孜地挺起胸膛的反應，這讓羅倫斯忍不住露出苦笑。

數百年來，赫蘿以麥子豐收之神的身分一直受到村民祭祀。對赫蘿而言，能這樣像孩子般直接表達情感，一定讓她開心得不得了。羅倫斯善意地如此解讀。因為如果不這麼做，他怕自己會忘了赫蘿是賢狼的事實。

當然了，一路旅行下來，羅倫斯十分清楚赫蘿會露出這副德性，純粹是她本來的個性使然。

所以羅倫斯大方地、盡情地誇獎了她。

如果再多誇獎一些，赫蘿那興奮地不停甩動的尾巴恐怕會斷掉。

因為有過這樣的互動，所以今天早上，當他看見赫蘿那悽慘得無法再看第二眼的面容時，羅倫斯清楚聽見自己臉上慢慢失去血色的聲音。他當真以為赫蘿得了什麼重病。

當羅倫斯得知赫蘿純粹是肌肉酸痛時，在安心之餘也差點忍不住大罵她一番。

只是，赫蘿手不能抬、頸不能轉、腰痛得站不起身子的症狀，倒是與病人沒什麼兩樣。

唯一與病人不同的是，赫蘿的食慾還是像正常人一樣好。

「說來妳載著兩個人跑了那麼久，難怪會肌肉酸痛了。」

「咱確實得意忘形地跑過了頭。」

赫蘿現在只有耳朵和尾巴能夠正常動作。

不過，她雖然看似痛苦不堪，卻沒有露出後悔的模樣。

雖然赫蘿很中意自己現在的少女模樣，但對她而言，想必還是比較習慣原本的狼模樣吧。

這令羅倫斯想起在旅途中，赫蘿的心情有時會變得特別差，或許不能以狼姿自由行動而不滿，就是其中一個原因。

「不過吶……」

當羅倫斯思考著這些事情時，赫蘿開了口，然後輕輕打了個呵欠繼續說：

「身體痛得起不了床，這實在太難看了。如果起不了床的換成坐在咱背上的汝，就不會這麼難看了。」

就算身體動彈不得，嘴巴還是動得很靈活。

雖然赫蘿露出壞心眼的笑容這麼說，但因為姿勢顯得不自然，所以一點殺傷力都沒有。

要是寇爾也在場，羅倫斯或許會有些慌張，但幸好寇爾外出了。

「如果妳是個深思熟慮、擁有先見之明的人，只要把一切交給妳就能絕對安心，我當然會什麼也不想地乖乖讓妳載。可是，妳應該沒忘記昨晚發生的事吧？」

聽到羅倫斯這麼說，赫蘿難得沒有出聲反駁。

非但沒有反駁，還一臉懊惱地咬著嘴唇，別開了臉。

她似乎知道自己昨晚確實表現得失態。

「真是的，明明只是讓妳載，我卻不得不好好抓住妳的轠繩。妳之前到底說了誰是誰的駕馭者啊？」

這是個讓赫蘿反省的好機會。

這麼想著的羅倫斯趁勝追擊。

昨天在赫蘿的疾馳之下，羅倫斯等人在離開南下羅姆河的船隻後，只花了半天時間就抵達港口城鎮凱爾貝。要是搭船南下，一般要花上兩天的時間。

這速度之驚人，就算是沿路不停換再快的快馬趕路，也無法望其項背。

羅倫斯等人這麼急著趕到凱爾貝，當然有其目的。

那是為了追查某個傳言——他們在南下羅姆河的途中，得知在一個名為樂耶夫的地區，有一枚狼骨受到各深山村落祭拜的傳說。雖然沒有確切的證據，但羅倫斯等人認為狼骨八成屬於赫蘿的同類，也猜測到教會勢力為了炫耀其權威，以冒瀆狼骨為目的在追查狼骨的可能性。

赫蘿當然不可能忍受這樣的事情發生，更不可能當作沒聽過這樣的傳言。

只是，依羅倫斯與赫蘿兩人彆扭的個性，不可能只為了這種理由就放棄原本的計畫，改而南下追查傳言；而且兩人也沒有坦率到願意明確說出真正的理由。以羅倫斯來說，他就拿出「為了以笑臉結束兩人之旅」作為藉口；而如果問赫蘿，她肯定也會用其他的藉口搪塞過去。

後來，收集到有關狼骨傳說的情報後，羅倫斯等人發現在追查狼骨的，似乎是以羅姆河流域的教會勢力為首的相關人士。

這時，他們想到伊弗想必對於羅姆河流域的大小事都瞭若指掌。為了向伊弗打聽消息，羅倫斯等人來到了港口城鎮凱爾貝。

伊弗原本貴為貴族，但在家道中落後變成了商人，甚至還在雷諾斯與教會聯手從事非法交易。擁有這般背景的她，一定有相當廣大的情報網。而且羅倫斯也考慮到，伊弗在雷諾斯發生的皮草事件中，為了比周遭的人更搶先一步出口皮草，不惜讓船隻沉入羅姆河以妨礙其他人。只要拿出這件事情威脅她，肯定能夠套出各種訊息。

為了達成計畫，羅倫斯等人離開拉古薩掌舵的船隻，坐到赫蘿的背上，出發追趕伊弗。

不過，計畫還是出現了誤差。羅倫斯等人沿著羅姆河南下好一段路後，追上一艘船隻，但船上不見伊弗的蹤影。

船上只看得見羅倫斯等人在雷諾斯投宿的旅館主人——阿洛德的身影。雖然因此得知這艘船與伊弗有關，但更教人納悶的是，船上甚至不見堆積如山的大量皮草。

伊弗打算載著皮草前往凱爾貝——這是千真萬確的事實。

這麼一來，她很可能在途中改以陸路運送皮草。雖然原本為了快速運送貨物而利用船隻，但倘若距離不遠，改用其他交通方式也不是不可能。

伊弗若很幸運地——或是有計畫地調度到馬匹，那麼她中途改走陸路也算是合情合理。

或者說，從利害關係來看，伊弗如果當真讓船隻沉入羅姆河，以阻止後來的船隻前進，那麼繼續以船隻運送皮草南下羅姆河的人，當然會被當成嫌疑犯。要是繼續以船隻拚命地運送皮草，就像在昭告天下自己是犯人一樣，所以中途改以陸路運送，是有效擺脫嫌疑的方法。

羅倫斯這麼猜測，並判斷伊弗早已利用馬匹運送貨物前往凱爾貝。雖然赫蘿堅持只要嚴刑拷打阿洛德，問出伊弗去向就好，但羅倫斯說服了她，繼續朝羅姆河下游前進。

然後在傍晚聽說赫蘿看見遠方有商隊時，羅倫斯確信了自己的判斷正確。那條商隊正是伊弗率領的馬車隊伍。

羅倫斯等人繞過商隊，先行來到位於羅姆河終點的港口城鎮凱爾貝，等待伊弗等人抵達。伊弗當時的表情，就像看見死人從墳墓裡爬出來一樣。

時而撩起瀏海的冷風彷彿從冰洞吹來似的。在這陣寒風中，羅倫斯等人與伊弗一同進入凱爾貝。接著在稍作協議後，三人決定在伊弗介紹的旅館投宿。

會與伊弗重逢可說完全出乎她的意料，羅倫斯等人也處於優勢，無奈羅倫斯卻必須夾雜著嘆息，與伊弗討論協議內容。

從狼模樣變回少女模樣後，赫蘿的兩眼顯得更加炯炯有神，明明累得連說話都有困難，卻顯得特別興奮。

羅倫斯也不是沒推演過狀況，赫蘿與在雷諾斯有過爭執的伊弗進到同一間房間，事態會演變成如何，他心裡大致也有個底。

然而，他卻怎麼也沒料到會演變成險些扭打成一團的火爆場面。

「還不是因為汝的態度太溫和，咱才會那個樣子。難道汝忘了臉上的傷是誰留下的嗎？」

赫蘿強調著自己的正當性。

「妳該不會真的認為，以批評對方的方式，來證明自己的正當性，是一種正確的行為吧？」

「唔……」

赫蘿說不出話來，用力壓低了下巴。

她知道是自己不對。

即便如此，赫蘿還是不肯直率地道歉。不過，羅倫斯也不是不知道她不肯道歉的原因。

「在這方面，伊弗就表現得很好。面對妳氣勢洶洶的樣子，她沒有選擇應戰，而是選擇退讓。妳知道為什麼嗎？」

赫蘿從羅倫斯身上移開視線。

那時如果置之不理，赫蘿肯定會撲上前抓住伊弗，所以羅倫斯幾乎是從背後架住赫蘿，然後壓住頸部才制止了她。

當時伊弗露出如蛇般的冷靜目光環視羅倫斯等人，沒有出聲威嚇，也沒有漠視羅倫斯等人，只是在最後露出淡淡微笑。

「那是因為她判斷出要是跟我們槓上，會對自己不利。」

「汝的意思是，咱是個不懂得計算損益的小孩子？」

赫蘿簡短說道，隨即閉上嘴巴。她的臉越皺越緊，彷彿有千言萬語在喉嚨深處打轉似的。

羅倫斯一副感到疲憊的模樣，凝視著赫蘿。

從赫蘿耳朵的反應來看，她很明顯沒有真的動怒。

既然這樣，赫蘿為什麼要那麼做呢？

「伊弗一定是看出妳是沒道理地在發脾氣。誰叫妳真的就像個小孩子一樣胡鬧，根本無視於利益。」

也就是說，伊弗很快察覺到自己踩了不該踩的尾巴。

如果對手是憑道理在發脾氣，那當然能夠憑道理來應付；但如果對手是感情用事，那這時大談道理只會帶來反效果。所以，伊弗才會直率地低頭認輸。

赫蘿一方面感情用事地發脾氣，一方面也明白伊弗低頭認輸的理由。這麼一來，她當然只能原諒伊弗。

可是，赫蘿當然無法輕易接受這樣的事實。

雖然形式上必須原諒伊弗，但無論如何就是原諒不了。赫蘿就像被下了這樣的咒語一樣，咬牙切齒地掙扎著。想要解除咒語，必須由羅倫斯施展魔法。

真是的，哪有這麼麻煩的公主啊。

「不過，那麼激動地面對面後，反而容易冷靜地談事情。也比較容易引出我們的利益。」

「……然後呢？」

赫蘿投來銳利的目光說道。

羅倫斯不禁感到難為情地聳聳肩，然後輕輕嘆了口氣。

這是表現死心的嘆息。

「如果妳是為了我才發脾氣……那個，謝啦。」

自古以來，人們習慣宣誓合約內容時，都必須發出聲音，而這樣的習慣似乎不限於談生意的時候。

羅倫斯到了現在，還是會因為把話說得如此露骨而感到難為情，但既然赫蘿堅持一定要聽到這種話，那他也沒輒。

所謂的交易，就是必須找出雙方的妥協點。

「哎，既然汝都這麼說了。」

說著，赫蘿總算卸下凶狠的表情，然後不停地動著耳朵。

相隔一條街的市場吵雜聲，從窗外隱約傳進屋內。

暖烘烘的冬日陽光，讓人甚至產生一種春天已經到來的錯覺。

這愚蠢無比的互動讓羅倫斯忍不住露出苦笑，這時赫蘿也跟著笑了出來。

這是平靜而悠哉、什麼也無法取代的片刻時光。

「好了，那我來收拾一下餐具……」

「嗯。」

儘管羅倫斯只是在自言自語，赫蘿還是這麼應了一聲，然後把視線移向下方，準備梳理跟耳朵一樣還很有活力的尾巴。

一路走來的旅途中，這樣的光景不斷反覆上演。

不過，這次有個地方與過去不同。

這次多了寇爾的加入。直到傳來敲門聲，羅倫斯才想起寇爾外出買東西還沒回來。過了幾秒鐘後，房門打了開來，隨即看見寇爾抱著像木碗的東西站在門後。

羅倫斯心想「寇爾出去買什麼來著？」並準備在記憶裡尋找答案的瞬間，一股強烈的味道撲鼻而來。羅倫斯不知道該怎麼形容那味道，感覺很像把磨碎的香草用硫磺熬煮過的獨特味道。

因為味道太過強烈，羅倫斯不禁身體往後仰，但寇爾似乎完全不在意的樣子。

「我調了軟膏回來了！」

說著，寇爾急急忙忙走進了房間。

看他氣喘吁吁的樣子，想必是急忙跑了回來。

赫蘿很喜歡寇爾，所以老是對他摟摟抱抱，而寇爾也很黏赫蘿。

今天早上看見赫蘿的痛苦模樣後，寇爾像隻脫兔般溜了出去，前往早市已開張的熱鬧大街。

北方人擁有格外豐富的藥草智慧。

說他們擁有的藥草知識，從治療割傷到發燒等所有傷痛都一應俱全也不誇張。寇爾一定是調了能治療肌肉酸痛的軟膏回來。

不過，這味道沒辦法改善一下嗎？

想到這裡時，羅倫斯忽然察覺一件事。

赫蘿。

羅倫斯回頭一看，發現耳朵和鼻子都異常靈敏的約伊茲賢狼，正捲起尾巴，躺在床上痛苦地掙扎。

除了同情赫蘿，羅倫斯什麼也做不了。

寇爾親切地為赫蘿調了軟膏，這下還能拒絕這份善意嗎？

羅倫斯不理會從枕頭底下投來的求助眼神，正要與寇爾擦身而過的瞬間——

「啊，這個軟膏也能夠治療羅倫斯先生的傷喔。」

整張臉埋在枕頭裡的赫蘿，看似有些開心地動了一下耳朵。

寇爾調製的深綠色軟膏顯得異樣地黏稠。

羅倫斯先把軟膏塗抹在布上，然後貼在右臉頰的腫脹部位。貼上軟膏的瞬間，那刺鼻的味道宛如細針般刺進皮膚，強烈的溫熱感隨之在臉頰一帶擴散開來。不僅如此，軟膏的味道還薰得眼睛刺痛，感覺鼻子都快皺在一起了。

即便如此，寇爾為了調製軟膏，居然不惜花費自己少得可憐的盤纏。所以羅倫斯當然不能辜負他的一片好意。

話雖這麼說，軟膏的強烈味道還真是嚇人。

羅倫斯幫赫蘿塗抹在肩膀和腰部時，看到赫蘿也投來打從心底感到畏懼的眼神。她的鼻子那麼敏銳，想必真的很痛苦吧。

然而，羅倫斯抱著「怎麼可以只有我遭受這味道折磨」的想法，也考慮到軟膏似乎很有效，所以還是幫赫蘿塗抹。

每塗一次，赫蘿就會發出難以言喻的叫聲，但那聲音完全沒有魅力可言。

或許事後還得花錢買新衣服給赫蘿，不然就是要買好酒給她喝。

塗完所有部位一遍，被赫蘿狠狠地白了一眼後，羅倫斯不得不這麼想。

「啊，對了！剛剛回到這裡的途中，我遇到昨天那位商人，她說想跟羅倫斯先生見面。」

重新塗抹完一遍赫蘿感到特別疼痛的部位後，羅倫斯擦去沾在手上的軟膏。

他心想，這軟膏肯定是強力藥膏，說不定真的很有效。

大概是因為軟膏味道太強烈的緣故，赫蘿躺在床上不停地呻吟。羅倫斯斜眼看著這般模樣的赫蘿，反問寇爾說：

「昨天那位商人？你是說伊弗嗎？」

「是的。」

「出兵只管快不管好啊。最快今天，最慢搞不好明天她就會離開了吧。」

雖然身為家道中落的貴族，但伊弗以商人身分勢如破竹地一路往上爬。

在以木材和皮草著名的城鎮雷諾斯，伊弗以陷害羅倫斯的手段，企圖達成堪稱異想天開的皮草交易。把放手一搏而到手的皮草運送到凱爾貝之際，伊弗為了阻礙其他人運送皮草，還心狠手辣地策畫將船隻沉入河川的事故。

想必伊弗憑著狡猾的智慧和過人的膽量，已經做好萬全的準備；但如果在凱爾貝表現得慌張失措，她以危險交易構築起來的堤防，很可能因為意想不到的事情而潰決。所以，對她來說，盡快逃到遠方才是上上策。

而且，伊弗也必須把從雷諾斯運送到這裡來的皮草，再運送到其他城鎮去。

雖然城鎮現在才開始活動起來，但對伊弗來說，或許時間已經太晚了。

「伊弗有沒有說要我去哪裡找她？」

「呃……她說過一會兒會來旅館接您。」

「……這樣啊。」

伊弗想必非常忙碌，卻特地要來旅館接人，這其中一定有什麼用意。

羅倫斯立刻猜測到的用意是，伊弗不希望自己被舉發是讓船隻沉入羅姆河的犯人。可是，真的是這樣嗎……

「那你吃早餐了沒？」

「咦？啊……吃、吃了。」

或許沒有赫蘿那麼厲害，但羅倫斯畢竟也透過做生意，鍛鍊出了識破謊言的眼力。

他輕輕頂了一下寇爾的頭，一言不發地把裝著麵包的麻袋塞給寇爾。

寇爾八成把用來買自己早餐的錢，也花在買調製軟膏的藥草上了。

寇爾曾經為了學習教會法學，而前往南方城鎮的學校就讀。他明明是抱著「想要利用教會權力，來守護信奉異教的村落」的意圖才那麼做，卻表現得比真正的正教徒更像正教徒。

寇爾接過麻袋後，顯得有些為難的樣子，但羅倫斯假裝沒看見，然後朝向在棉被底下呻吟著的赫蘿走去。

聽到羅倫斯表示自己要外出一下，赫蘿沒有抬起頭，只用耳朵做出了回應。

羅倫斯以為赫蘿會被味道薰得暈厥過去，卻意外發現似乎沒那麼嚴重。

他自己也在不知不覺中，變得不在意味道了。取而代之地，塗上軟膏的右臉頰一直在發燙，讓人有種瘀傷真的慢慢在痊癒的感覺。

身為狼的赫蘿，或許更能夠明確感覺到藥效在體內發揮效用。

羅倫斯知道自己這麼猜測應該沒錯。因為當他準備離開床邊之際，赫蘿還有多餘精力丟出一句：「要是輸了，咱不會放過汝的。」

羅倫斯暫時先安了心，然後轉身一看，發現寇爾拿著麻袋不知所措了好一會兒，終於拿出兩塊麵包站在原地。

麻袋裡裝了普通燕麥麵包和加了核桃的燕麥麵包，而寇爾拿在手上的兩塊都是普通燕麥麵包。看見寇爾這般行事謹慎的態度，羅倫斯不禁露出苦笑。

他心想，真希望赫蘿也向寇爾學習一下。

「那，你要一起去嗎？」

羅倫斯當然是在詢問寇爾要不要一起去找伊弗。

寇爾的視線在空中遊走一會兒後，點了點頭。

羅倫斯打算向伊弗探聽有關被稱為神明或精靈、與赫蘿同類的狼之腳骨傳言；在距離寇爾故鄉很近的村落裡，也祭拜著一名狼神，而那腳骨正是牠的遺骨。

況且，寇爾是為了確認有關這位狼神其腳骨的傳言真假，才決定與羅倫斯兩人一起旅行。

這麼一來，寇爾當然會想跟羅倫斯一起去。

然而，羅倫斯還是刻意詢問了寇爾。因為他覺得如果不問，寇爾就不會主動跟著他去。

因為寇爾雖然年紀輕輕，卻有著容易瞎操心的個性。

他會這麼黏赫蘿，或許是覺得赫蘿那旁若無人的感覺很新鮮也說不定。

「那這樣還不趕快吃掉麵包。」

聽到羅倫斯走出房間時這麼說，寇爾急忙地把麵包塞進嘴裡說：

「呃，是。」

羅倫斯繼續說：

「當然了，吃完麵包後，記得要露出吃了小麥麵包的表情，嗯？」

或許是旅途上窮怕了，寇爾明明受過教育，懂得如何表現出宛如修道士般的高尚舉止；但只要一扯上吃飯，動作就會變得粗野。

此刻寇爾也像隻松鼠一樣鼓著臉頰，一臉狀況外的模樣。

沒多久，他似乎理解了羅倫斯的意思，便吞下麵包，露出笑容說：

「教會也會教導我們吃東西的時候，要遮住嘴巴。」

「教會反而是為了不讓人看見自己在吃好東西，才會這麼說吧？」

羅倫斯關上房門一走出去，寇爾就像個忠心的徒弟，跟在羅倫斯背後約一步的距離上。

「謝謝您的麵包，真的很好吃。」

寇爾一邊這麼說，還不忘一邊展露笑臉。真是個聰明的少年。

旅館一樓是餐廳。

一般來說，只有旅人會做吃早餐這種奢侈的行為，所以坐在餐桌前面的，幾乎都是旅行裝扮的人們。

伊弗混在這些人當中，打扮成老樣子坐在餐桌前。乍看之下，她也像個準備萬全，打算在今天之內從旅館出發的旅人。

或許伊弗真的預定今天出發，但羅倫斯此刻最在意的不是這件事情。他在意的是，伊弗為了遮住面容，臉上明明纏了好幾層布，卻還是把鼻子捏住了。

「……這味道也太恐怖了吧。」

店老闆在吧檯最裡面，一臉忿忿地瞪著羅倫斯，其他客人也一副不知道發生什麼事情的模樣，驚訝得都忘了生氣。

羅倫斯索性豁出去，表現出若無其事的樣子，至於寇爾則是一副真的完全不在意的樣子。

雖說居民們喜歡的味道會隨地區有所不同，但這軟膏的味道一定是很極端的例子。

羅倫斯一邊這麼想，一邊在伊弗正對面的椅子坐了下來。這時，伊弗說出讓人意外的話：

「不過，好久沒聞到這味道了。到了晚上，你臉上的傷應該就會完全消失不見吧。」

貼在羅倫斯右臉頰上的布料塗有寇爾調製的軟膏，而右臉頰上的傷正是他與伊弗起爭執時，被柴刀柄用力擊中造成的。

所以，伊弗的語氣有些在開玩笑的感覺。

「這藥膏是他幫我準備的。不過，妳真是博學多聞呢。」

羅倫斯一邊指向站在後方的寇爾，一邊語調誇張地說道。

「嗯？他是樂耶夫來的啊？」

伊弗靜靜地注視著寇爾，然後閉上了眼睛。

羅倫斯當然猜不出她在想什麼。

「總而言之，只要是有關羅姆河的事情，不管是檯面上還是檯面下，我都瞭若指掌。你不就是為了我擁有的知識，才追到這裡來的嗎？雖然我不知道你用了什麼方法，但速度快得讓人難以相信。」

伊弗藏在好幾層布料深處的眼睛，輕輕地瞇了起來。

商人有個優點。就算經歷過近乎拿刀互砍的爭執，只要發現利害關係一致，還是會立刻握手合作。若沒有合約關係，商人心裡就不會留有情感產生的芥蒂。

雖然在雷諾斯激烈地爭執過，羅倫斯與伊弗兩人卻表現得像舊識一樣。

「這幾年很少像昨晚那麼驚訝了，我還以為是合約書漏寫了什麼呢。」

雖然赫蘿拐彎抹角的說法老是混淆羅倫斯，但像這種類型的說法，羅倫斯再清楚不過了。

他不禁感到胸口一陣搔癢，或許這是一種近似戀愛的感覺。

因為商人互探真心的舉動正像心頭癢癢的感覺，令人愉快。

「沒有，我只是想得到妳的知識而已。妳我之間又沒有簽訂任何合約。」

羅倫斯趁著這個機會，明確表示自己不是想得到伊弗的皮草。

伊弗輕輕點了點頭後，從椅子上站起身子。

「換個地方說話吧，要不然會招來其他客人和店老闆的忿恨喔。」

伊弗有些壞心眼地說道。

不過，伊弗說的不見得全然是玩笑話，因此羅倫斯帶著寇爾跟隨她而去。

「對了，你夥伴怎麼了？」

旅館前面是一條狹窄的小路。與其說小路，或許應該說是略顯寬敞的胡同比較貼切。

港口城鎮凱爾貝中間夾著河川，分為南、北地區，羅倫斯等人投宿的旅館位於北凱爾貝。

北凱爾貝很少有美麗氣派的建築物，雖然河邊的市場當然很熱鬧，但只要稍微遠離市場，就會看見很多建蓋在胡同裡的建築物，給人有些荒涼的印象。

建築物的高度也沒有統一，這是因為議會對於城鎮景觀採取寬容開放的政策，還是因為管理能力太差了？

從這裡的實際模樣看來，或許原因在於後者吧。

當羅倫斯思考著這些事情時，伊弗毫不遲疑地朝著離開市場的方向走了出去。

「她因為旅途疲累，現在全身塗滿了這種軟膏，正躺在床上休養。」

「我只能說……」

伊弗說到一半，回過頭來觀察寇爾的反應，並且在頭巾底下輕笑。

「一定很快就會好起來的。」

就算羅倫斯不是赫蘿，也知道伊弗把原本想說的「節哀順變」吞了回去。

只有寇爾一人顯得有些驕傲地笑著。

「不過，這樣算是我幸運吧。不，應該也算是你幸運吧。」

「我們彼此都是吧。」

羅倫斯聳了聳肩說道，然後露出苦笑。

昨晚之所以沒能夠探聽出伊弗所擁有的知識，是因為赫蘿真的太凶猛了。

「不管怎麼說，有人願意為你生氣，就表示這個人是很珍貴的財產。你要好好珍惜才行。」

「其實是她把我當成自己的財產，所以才為了財產受損而生氣吧。」

伊弗的肩膀在外套底下不住晃動。

這時，伊弗忽然朝向路邊走去。羅倫斯發現是因為對面走來一名女子的緣故。她帶著一整籠葉菜類，那是冬季也採收得到的蔬菜。

女子想必是準備前往市場販賣蔬菜。籠子裡的蔬菜比夏天採收的綠色蔬菜顏色還要深，感覺好像很冰涼。這種蔬菜也許不適合用醋醃製或生吃，但如果放進熱湯裡，肯定美味極了。

「如果你是她的所有物，當下她應該會要求賠償才對。可是，她卻想要報仇。」

伊弗的淡藍色眼眸一瞬間流露出落寞的眼神。

伊弗歷經家道中落，最後連姓氏和身軀，都賣給了想要得到貴族稱號的暴發戶商人。

如果得知伊弗因此受到傷害，那名藉由金錢交易把伊弗買下的商人會向對方要求什麼呢？金錢？還是報仇呢？

羅倫斯不禁覺得光是思考這件事情，就等於是在傷害伊弗。

他對自己選錯了玩笑話感到有些後悔。

「咯咯，像這樣讓對方產生罪惡感，再勾起對方的同情心，接下來的商談就可以進行得很順利呢。」

聽到伊弗的話語，羅倫斯猛然回過神來。

不管在任何時候，利用美人計或是苦肉計，總能夠擾亂正常交易。

雖然沒忘記懷抱戒心，羅倫斯還是不小心上了當。

即便如此，羅倫斯用力搔了搔頭後，還是忍不住露出笑容。當然了，這是有原因的。

「不過，妳之所以會刻意說出來，是因為——」

羅倫斯一臉像在說謎語似的愉快模樣，邊看向拚命想要跟上話題的寇爾邊繼續說：

「妳想要藉由這樣坦承自己設下的陷阱，來消除我的戒心。」

「沒錯，這樣我才能夠讓咬住獵物的尖牙陷得更深。」

這時如果剝去頭巾，肯定會看見伊弗正露齒而笑。

羅倫斯似乎明白了赫蘿把伊弗形容成狐狸的真正意思。

因為這個商人實在太像狼，所以赫蘿不想承認她跟自己同類。

「好了，到了。」

「這裡是？」

羅倫斯停下腳步問道，寇爾隨即從背後撞了上來。寇爾一定是想從羅倫斯與伊弗的互動中學習一些東西，所以一直在反芻兩人的對話。

羅倫斯想起自己跟著師父時，也曾經有過一樣的舉動，不禁感到有些懷念。

「這裡是我在凱爾貝的據點。你看到沒有招牌的商行，應該猜得到是怎麼回事吧？」

與四周的建築物相比，伊弗所指的建築物牆壁表面泛黑，感覺隨時有可能朝向道路倒下，不過基座部位使用石塊堆成，顯得相當穩固。

聽到伊弗戲劇性的說法，寇爾似乎感覺到某種奇怪的氣氛，緊張地屏息凝視。

不過，伊弗當然只是在開玩笑而已。羅倫斯仔細一看，發現在泛黑的牆面上，留有某物的拆除痕跡。

也就是說，這裡是已經破產或歇業的商行。

「妳別太捉弄他啊。」

伊弗伸手準備開門時，羅倫斯對著她的背影這麼說。寇爾聽了這句話，從口中露出「咦？」的聲音。

在這之後，寇爾總算發覺現場只有自己沒有掌握到狀況。

雖然不是刻意想要確認寇爾的反應，但伊弗回過頭來，看似愉快地這麼回答：

「因為他是你可愛的徒弟嗎？」

「很可惜，他不是我的徒弟，也不是商人。所以我不希望害他長大後個性扭曲。」

聽到羅倫斯的回答後，伊弗難得發出聲音大笑說：

「哈哈哈！也對。你說得沒錯。商人的個性太扭曲了。」

寇爾一副很不甘心的模樣，抿著嘴聆聽在他頭頂上方交錯的對話。兩個個性扭曲的商人沒有理會他，自顧自地走進建築物內。

羅倫斯回頭一看，發現寇爾露出有些不開心的表情，也跟著走進來。

寇爾可能覺得自己被人當傻瓜看。

羅倫斯一邊露出苦笑，一邊搖頭嘆息。

他心想，寇爾要是待在商人身邊，這罕見的直率個性可能會變得扭曲。

伊弗端出用山羊乳、奶油以及蜂蜜酒調配而成的飲料。

至於給寇爾喝的，則是加了一般蜂蜜取代蜂蜜酒的無酒精飲料。

或許是奶油品質很好的緣故，喝著飲料的羅倫斯，不禁想配點帶有苦味的燕麥麵包來吃。

「阿洛德先生還沒抵達嗎？」

羅倫斯等人走進建築物內後，發現屋內安靜無聲。

客廳只隱約傳來木炭在壁爐裡燃燒的聲音，和放在壁爐旁的鍋子煮沸山羊乳的聲響。

方才羅倫斯望著伊弗坐在暖爐前方，看她以意外熟練的身手準備飲料時，也沒有聽到其他任何聲音。

「他應該今天傍晚才會抵達吧。要吃嗎？」

伊弗在用小刀把小麥麵包俐落地切成片狀後，把麵包拿在手上問道。

木盤裡盛了山羊乳。那外觀像是熬煮過的起士般濃稠，想必原本是沾在鍋緣上的吧。

如果在這般濃稠的山羊乳上，加了用油和鹽巴醃過的切片鯡魚，肯定美味至極。

「要是吃了這麼美味的東西，未來的旅途恐怕會很辛苦。」

「沒錯。一旦吃慣好東西，旅費就會一口氣暴增。不過，如果不是商人，就不用擔心這種事情吧？」

說著，伊弗把切好的麵包放在寇爾面前。

寇爾一臉驚訝地看著伊弗，然後有些困惑地望向羅倫斯。

「人緣好或許算是一種天命。」

看見寇爾這般模樣，一直保持笑意的伊弗取下頭巾，露出面容。

寇爾當下的驚訝表情，讓一旁的羅倫斯看得十分有趣。

「即使變成了這種個性，我的體內似乎也還留著一些母愛呢。」

伊弗說罷，自嘲地笑了笑。這像是深蘊著悲傷似的表情讓人為之驚豔。

羅倫斯經常忍不住會想，女性似乎比男性更適合當商人。

要是對方屢屢展露讓人意外的一面，手腕再高明的男子，也沒那麼容易與對方交手。

「對了，你想問什麼來著？」

寇爾這次不像在吃剛才的燕麥麵包那般狼吞虎嚥，而是慢慢地品嚐小麥麵包。羅倫斯一邊看著寇爾，一邊對伊弗這麼切入話題：

「我想問會遭天譴的事情。」

「你是說羅姆河沿岸的商行，在尋找異教之神的聖遺物這件事吧？不過，我不確定異教是不是也用『聖』這個說詞。」

看見羅倫斯點頭回應，伊弗稍微拉遠視線，然後喝了口山羊乳。

「大約在兩年前，這個謠言在羅姆河一帶的城鎮流傳，還被說得像真的一樣。有一些專門做不法勾當的商人，也一度因此興奮得不得了。」

「謠言的真相呢？」

遠處傳來了小孩的哭聲。

比起鳥鳴聲，城鎮裡比較常聽到小孩的哭聲。

「謠言還不都一樣。最後一直沒有人找到骨頭，這個謠言就跟散佈開來的速度一樣，很快地被人們淡忘。純粹是酒席上的助興話題而已。」

伊弗的樣子不像在說謊，重點是她沒有理由說謊。

不過，俗話說「無風不起浪」。

「這個謠言是來自羅姆河的支流，也就是位於樂耶夫河上游地區的雷斯可鎮，從這裡的一間商行傳出來的，對嗎？」

這個位於雷斯可的商行，曾經與凱爾貝的珍商行交易過銅幣。

而且，雙方的銅幣交易有一點非常奇妙。那就是——進口的銅幣箱數與出口的銅幣箱數竟沒有吻合。

雖然羅倫斯到最後仍然沒想通箱數不合的原因，但在他身旁一臉幸福地吃著麵包、連伊弗都不禁瞇起眼睛笑看著的寇爾，似乎已猜到了答案。

因為不是什麼急著要知道的事情，所以羅倫斯到現在還沒詢問解答，但如果自己沒辦法想出原因，難免還是會覺得不甘心。

「沒錯，我記得是一個叫做德堡的商行。這家商行牢牢握住雷斯可的採礦權，有擋不住的財源呢。」

「他們在凱爾貝的主要往來對象是珍商行？」

「喲？調查得很清楚嘛。我都忍不住想問你什麼時候打聽到這麼多了。」

伊弗用麵包沾了山羊乳，咬了一口。

看著伊弗吃麵包的模樣，羅倫斯心想：「或許帶赫蘿一起來也不會有事」。

要是赫蘿看到如此美味的食物，一定很快就會被安撫吧。

「雷斯可的德堡商行、與我們這次皮草騷動有關的雷諾斯教會，還有這裡的珍商行，都是掌控銅製品通路的重要角色。不過，雷諾斯的教會純粹是扮演施加壓力，然後強制收取稅金的角色罷了。至於德堡商行與珍商行，彼此應該有配合往來才對。」

「他們為什麼要配合往來？」

看見羅倫斯迅速地發問，伊弗揚起一邊嘴角露出苦笑。

寇爾也察覺到伊弗的反應，抬起了頭。

「抱歉，我沒有惡意。」

伊弗一副失笑的模樣垂下眼簾，然後用手輕撫唇邊說道：

「在我的印象當中，你應該是個頗為謹慎的商人啊。怎麼會對這種玩笑事如此認真？」

基本上，商人會發問，就表示他已經知道答案。

伊弗表現得很平靜，但她的笑容帶著明顯的期待。

「如妳所料，因為我的夥伴是北方人。」

聽到羅倫斯的答案，伊弗一副「我想也是」的表情，看向手邊的杯子說：

「要不是為了那麼可愛的小姐，想必你也不可能做不合理的事情。」

「那可不一定喔。」

雖然明知如此，但羅倫斯還是忍不住出聲辯駁。

伊弗只在眼角露出淡淡笑意，沒有繼續追擊。

「不過，若是聽到有神明遺骨遭受金錢買賣，而那又是故鄉所祭祀的神明之物，任誰都會坐立不安吧。但是，這麼一來，有件事情會讓我很在意。」

「什麼事情？」

伊弗保持探頭看向手邊杯子的姿勢，抬高視線看向羅倫斯。

她那看似愉快的模樣，簡直就像抓住了對方弱點，準備徹底殺價買商品的商人一樣。

「你是會利用金錢買東西的商人吧?這麼一來,你是你夥伴的同伴,還是敵人呢?換個角度說,你的所為究竟是善行,還是……惡行呢?」

寇爾有些吃了一驚地縮起身子。

的確,羅倫斯是賺取金錢,然後以金錢解決事情的商人。

他與打算利用金錢買下被稱為神明的狼骨,或因為某目的而打算利用狼骨的傢伙們屬於同類。不管任何時候,商人都會用金鑰匙硬是轉開所有的門。

假使狼骨傳言是真的,又不小心得知了狼骨去向,羅倫斯一定會發揮商人本領,想盡辦法拿回狼骨。

如果真有那麼一天,赫蘿和寇爾會怎麼想呢?

到時候羅倫斯肯定會打算利用金錢買狼骨。

那時羅倫斯還算是赫蘿和寇爾的同伴嗎?還有,這樣的行為是惡行,還是善行呢?

羅倫斯用山羊乳潤了潤嘴唇後,這麼回答:

「利用金錢買商品並不是惡行。如果買的不是商品,大部分都會被認為是惡行。」

「比方說?」

「如果是為了權威或權力,或者是為了討好我的夥伴而買下狼骨,想必夥伴會瞧不起我吧。金錢永遠只是用來買商品的道具。如果用來買其他東西,那就會是惡行。這道理就像拿砍柴的斧頭來砍人一樣。還有，我相信夥伴一定也能理解這層道理。」

伊弗瞇起眼睛，並且把嘴角揚得更高。

對於利用金錢解決一切的商人，人們不時會質疑他們的正義。

同時，對於商人而言，信用乃是身為商人的重要要素。

也就是說，當有人質疑一個商人的正義時，這個商人怎麼回答，將決定其身為商人的品格。

正義的內涵，來自於人的性格。然後，只要把正義與信用放上天秤，就會知道兩者的重量是一致的。

羅倫斯不確定伊弗是否想得如此深入，但能夠肯定的是，她至少打算把羅倫斯的答案當作重要的判斷材料。

伊弗原本帶著嚇人的笑容，但聽到羅倫斯的答案後，忽然緩和表情，遞出手中的杯子說：

「希望還有機會與你做生意。抱歉，問了你這麼奇怪的問題。」

羅倫斯也稍微放鬆沒受傷的左臉頰，然後舉起自己的杯子，朝伊弗的杯子遞了出去。

羅倫斯在杯子快要互撞之前停下動作。使用絕不能受損的銀餐具時，這樣的舉動是一種禮貌表現，而羅倫斯之所以這麼做，是為了表示對方有著與銀製餐具相稱的高貴身分。

「我不是說過，看到你跟你夥伴的互動，讓我很羨慕嗎？現在更是讓我覺得羨慕不已。」

「那麼，我會把這句話當成一種稱讚。」

伊弗只晃動肩膀，沒出聲地笑笑。

然後，她把視線從羅倫斯移向寇爾，恢復成商人的表情，對他說道：

「聽說你不是這個克拉福．羅倫斯的徒弟啊。我只能說，我打從心底替你感到可惜。」

聽到伊弗的話語，寇爾驚訝地瞠大雙眼，跟著露出為難的表情低下了頭。

儘管羅倫斯面帶笑容看著寇爾的反應，還是難掩心中遺憾。

寇爾會覺得為難，就表示他無法接受伊弗的判斷。

伊弗似乎也看出寇爾的想法，保持著笑臉閉上眼睛。當她再次睜開眼睛時，視線已經落在羅倫斯身上。

「憑你的智慧應該知道才對，但我還是說一下好了。德堡商行在尋找的狼骨，可不是一百枚盧米歐尼金幣這麼小意思的交易。要是草率出手，很快就會體會到人命有多麼不值錢。即便如此，我還是相信你的能力，就如同我相信自己身為商人的眼光一樣。」

羅倫斯緩緩轉動杯子，然後淺嚐了一口。

他心想，這時如果沒有好好誇耀一番，一定會被赫蘿罵一頓。

「我在金錢就快到手時，選擇了保住性命。不過，夥伴比性命更重要。我也跟妳一樣非常地『期待』。」

這是羅倫斯與伊弗搏命時，向彼此吐露過的真心話。

伊弗笑著，露出了一長排牙齒。那簡就像赫蘿恢復狼形時所露出的笑容。

「或許，偶爾拿著尋寶圖去尋寶也不錯。你們的目的是想向珍商行……也就是與德堡商行往來的那間商行打聽情報吧？沒問題啊，我可以幫你寫介紹信給珍商行。剩下的……」

伊弗之所以能閉上一隻眼睛，然後微微傾著頭，似乎是因為她相當有自信。

「就得靠你自己的才能了。」

羅倫斯心想，要是告訴赫蘿他險些就要愛上伊弗，肯定會被赫蘿咬斷喉嚨。只是，羅倫斯不得不承認這是事實。

伊弗是個天生的商人。

她擁有驚人的天賦，能完全掌握自己的表情代表什麼意思。

羅倫斯恭敬地低下了頭。

他心想：「原來如此，這就是所謂在黃金大道往上爬的商人啊……」

伊弗用小刀將高級羊皮紙裁斷，在寫完內容後灑上細沙，等待墨水變乾。趁這時間，她拿出用馬尾巴毛做成的細繩，以及染成紅色的蠟條。

確定墨水變乾後，她捲起羊皮紙，再上好蠟封，最後綁上用馬尾巴毛捻成的細繩，介紹信就大功告成了。

雖說只是一紙信件，但以商人的角度來看，如此大費周章的介紹信，所花費的金額想必不容小覷。

羅倫斯不禁覺得，伊弗說想要再次與他交易一事，說不定是認真的。

「如果沒有意外，明天過了中午我就會離開凱爾貝。我打算走海路南下，所以暫時可以告別這個寒冷地。」

「那麼，為了答謝妳幫我寫介紹信，我會找個時間前來送行。妳就快變成大商人了，我想在那之前再見妳一面。」

看到羅倫斯輕輕舉起收下的親筆信，伊弗一邊露出苦笑，一邊點點頭說：

「出發前我打算悠哉地休養一天。如果你晚上來找我，還可以招待你傭人準備的料理。」

「如果在太陽下山前來找妳呢？」

伊弗的微笑，說不定就是一般人的驚訝表情。

她保持著微笑僵住了好一會兒後，終於重新把雙手交叉在胸前，然後嘆了口氣說：

「如果只有我在……這樣嘛，就讓我來展現廚藝好了。」

羅倫斯在雷諾斯第一次與伊弗正式交談時，伊弗曾經開玩笑地說，她對自己的交際手腕相當有自信。

現在看來，她當初似乎不是在扯謊。

伊弗說出那番話時，聲音符合她的前貴族身分般輕柔，沙啞的聲音夾帶著高貴的氣息，讓羅倫斯不禁感到耳朵一陣搔癢。

寇爾更是整個人呆掉，張著嘴巴注視著伊弗。

如果她願意悉心打扮，絕對會是個名副其實的女貴族。

「想必妳的料理不見得只會使用牛肉或豬肉，我要小心一點才好。」

「咯咯。不過，要是你夥伴的心情已好轉，下次就三個人一起來吧。」

「我會的，謝謝妳的介紹信。」

聽到羅倫斯這麼回答，伊弗點點頭，輕輕揮了揮手後，緩緩將大門關上。

與人告別之際，沒有一個商人會向對手揮手。

伊弗最後揮手的對象，想必是站在羅倫斯斜後方的寇爾。

羅倫斯一邊小心翼翼地把介紹信收進外套內側，一邊朝後方瞥了一眼。

不出所料地，寇爾果然一副意猶未盡的模樣凝視著大門。

「很有趣的一個人吧？」

羅倫斯走了出去後，寇爾才回過神來，慌張地跟在後頭。

「呃……是、是的……」

「不過，我臉上的傷就是她打的。」

羅倫斯指著塗了寇爾特製軟膏的右頰說道。寇爾聽了，似乎沒能夠立刻理解這句話的意思，直直注視著羅倫斯好一會兒。

當這句話的意思好不容易傳達到腦中時，寇爾臉上一副寫著「怎麼可能！」的表情，回望身後的宅邸。

「因為我們起了爭執，所以她就用柴刀柄用力敲了我一下。」

「……真的……嗎？」

「雖然她也有讓人意外的一面，但正因為如此，更不能掉以輕心，知道嗎？就像她纏在頭上的頭巾底下藏著美貌一樣，那美貌底下也藏著可怕的東西。」

寇爾微微皺起了眉頭。或許即便是聽到羅倫斯這麼說，他也沒辦法具體地想像，才會露出這種表情吧。

「赫蘿昨晚那凶巴巴的樣子，你不是也看到了嗎？事實上，在那場爭執裡，我差點就被伊弗殺了。」

「咦!?」

寇爾發出驚訝的聲音。

第一次見面就看到伊弗那麼溫柔的一面，的確很難想像。像這樣的她，居然會有讓一般盜賊望塵莫及的膽識及器量。

不過，人類擁有各種不同的一面，所以必須小心行事；羅倫斯打算這麼告誡寇爾時，寇爾卻帶著極度認真的表情陷入了沉默。

寇爾天生個性直率，或許他本來就排斥隨便懷疑他人。

羅倫斯這麼想時，寇爾忽然抬起頭，露出極度為難的表情。羅倫斯見狀，下意識地問：

「怎麼了？」

很多時候，寇爾都會有類似這樣的反應。

就算頭腦再好，要是無法自在地控制臉上的表情，以及從口而出的話語，就不能成為優秀的商人。

不過，這應該能夠成為優秀的聖職者。所以對寇爾來說，這樣或許正好吧。

「如、如果沒有這麼點作為，果然很難在世上存活下來……」

寇爾這麼說完後，有些不甘心似地低下了頭。

不僅顯得不甘心，他的模樣還像在責備自己一樣，就彷彿參加長槍比賽的年輕騎士，哀嘆著自己不夠努力似的。

只是，羅倫斯不明白寇爾為何會露出這樣的表情。

差點被伊弗殺害的事實，怎麼會跟在世上存活扯上關係呢？

難道寇爾的意思是，就算差點被殺害，也更要設法找到讓自己存活下來的技巧才行嗎？

雖然羅倫斯東想西想地這麼猜測著，不過寇爾還在繼續說話，所以決定先聽他說下去。

「我當然不是打算接受教會的教誨，而且……村子裡時而會發生這種事情……的確，有時我也覺得只專注於一樣東西不好，而且這世界真的很嚴酷。這句話從我口中說出來，比較沒有說服力就是了。可是……」

寇爾一邊走路，一邊不停說道。他的視線幾乎只落在腳邊。

另一方面，羅倫斯則是一邊看著晴朗的藍天，一邊走著。

因為他實在不明白寇爾在說什麼。

「我說啊……」

於是，羅倫斯開了口——就在這時，寇爾突然抬起了頭。

「那、那個！我沒有在責怪羅倫斯先生不好的意思！」

看見寇爾慌成一團的模樣，羅倫斯不禁瞪大了眼睛。

「……不、不是啊，我只是純粹聽不懂你在說什麼，所以想問問你而已啊。」

聽到羅倫斯這麼說，寇爾臉上的表情驀地消失，隨即漲紅著臉頰低下頭。

羅倫斯舉高手摸著頭，滿臉疑惑地傾著頭。

寇爾到底在說什麼啊？

雖然搞不太懂到底怎麼回事，但寇爾本身也表現出不想被多問的樣子，所以羅倫斯決定換一個話題。

「總之，前往珍商行之前，先回旅館一趟吧。」

聽到羅倫斯的話語，寇爾沉默地點了點頭。

「事情就是這樣。」

只要一鑽出被窩，軟膏的味道就會跟著飄散出來。因為沒辦法忍受那股臭味，所以赫蘿用棉被壓住身體，只露出臉來。

「是麼？」

「妳應該知道他在說什麼吧？」

羅倫斯與寇爾回到房間時，原本打著瞌睡的赫蘿立刻醒了過來。然後，她跟平常一樣挺起身子，還傾著頭，露出了困惑的表情。看來赫蘿似乎覺得身體有什麼不對勁，而羅倫斯也馬上察覺到了。

赫蘿早上明明連挺起身子都有困難，現在卻是一副彷彿忘了疼痛的模樣。

「這藥膏真有效吶。」

於是，羅倫斯決定也帶著赫蘿一起前往珍商行。

不過，當然不能就這麼帶著赫蘿一起去。因為身子實在太臭，羅倫斯與她都必須先用熱水洗去軟膏才行。

方才在話題中出現的寇爾，此刻正在一樓為兩人準備熱水。

「哎，也不能怪汝搞不懂唄。這就像跑去肉店，卻詢問關於魚的問題一樣。」

赫蘿躺在枕頭上伸了個大懶腰後，這麼說道。

每次赫蘿會用這樣的口吻說話，都是有關那方面的話題。

想到又要被赫蘿嘲笑，羅倫斯就忍不住想要嘆息，但事到如今他也沒打算硬要顧面子，所以很乾脆地表示投降說：

「事到如今，我也不得不承認自己確實很遲鈍。可是，這不是有自覺就能突然開竅的事啊。我還是搞不懂。」

不過，看見羅倫斯這麼乾脆地舉起白旗後，赫蘿連打完呵欠滲出眼角的淚水都忘了擦去，就這麼愣住了。

「怎麼了？」

聽到羅倫斯的詢問，赫蘿臉上慢慢浮現苦笑。

「哼，咱做人搞不好還挺善良的。」

赫蘿不停擺動著一邊耳朵說道。

「什麼意思？」

「看見汝表現得這麼卑微，咱怎麼還能夠嘲笑汝的糗樣。」

「……」

感到一陣頭痛的羅倫斯已經不知道該怎麼回答，只能夠按住自己的額頭。對於羅倫斯的反應，赫蘿似乎很滿足的樣子。

她揚起嘴角，露出牙齒笑了笑，終於露出平常的壞心眼笑容說：

「哎，也是唄，對於知道事情真相的汝來說，或許很難做出其他解釋唄。汝真的猜不到，一介旁觀者看見汝跟那隻狐狸起爭執，會怎麼想嗎？」

赫蘿臉上會浮現壞心眼的笑容，就表示她的話語是解開問題的線索。身為一個對於人們立場有正確的理解，並試圖從中謀利的商人，在得知對方給了線索後，當然必須勇於接受挑戰。

不管怎麼說，已經有人提示了解開問題的方向。

羅倫斯試著站在寇爾的立場，思考起自己與伊弗的關係。

伊弗用柴刀柄打了羅倫斯，甚至害得羅倫斯差點沒命，接著赫蘿見到伊弗，隨之表現出氣勢洶洶的模樣。寇爾聽到這樣的事情經過，先是一臉為難，最後還紅著臉頰，露出一副相當難為情的樣子……

「啊！」

羅倫斯察覺到一個可能性，一股苦澀感隨即在口中蔓延開來。

不過，這股苦澀味道感覺與啤酒的苦味有些相似。

那是一種會讓人忍不住想笑的苦澀滋味。

「咯咯。汝是個幸運之人，是唄？」

赫蘿看似開心地笑笑。

她之所以露出這樣的笑容，正是因為她知道寇爾會錯意的事情，是絕對不可能發生的狀況。

羅倫斯再次用手按住額頭，嘆了口氣。原來世上有人會這樣會錯意啊。不對，應該說，沒想到自己會有被人家這麼會錯意的一天。想到這裡，羅倫斯只能自嘲地露出苦笑。

「我完全沒想到寇爾會……以為我與伊弗搞外遇，結果因為爭風吃醋而吵架。所以，寇爾才會說他沒有在責怪我啊……」

雖然羅倫斯心裡多少有點想故意說成「與赫蘿搞外遇」，但要是敢這麼開玩笑，肯定是不要命了。

「那隻狐狸是雌性，咱也是雌性，而汝是雄性。這樣的關係會演變成打來打去的火爆場面，當然只會有一個答案唄？說起來，要說是為了那種金光閃閃的東西而發這麼大的脾氣，那反而還比較奇怪。那六十枚金色貨幣就是咱的價錢，是唄？真是的，人類世界真是莫名其妙。」

看見赫蘿一副難以置信的模樣說道，羅倫斯這時想起，自己正是為了她指出的理由而奮鬥至今，這不禁讓他感到尷尬不已。

不過，赫蘿畢竟是約伊茲的賢狼。

她似乎早就預料到羅倫斯會有這樣的反應。

「不過，汝的行動最讓人覺得莫名其妙。真是的，那時竟然跑來接咱，真是大笨驢一個。」

赫蘿一副彷彿臉部很癢似地，把臉埋進枕頭說道。

儘管這樣，她依然沒有從羅倫斯身上移開視線。

聽到赫蘿這番話，又看見她的舉動，羅倫斯既不能生氣，也不能別過臉去。

羅倫斯一副刻意強調「我輸了」的模樣聳聳肩，然後輕輕撫摸赫蘿的臉頰。

「沒其他表現了？」

赫蘿閉上一隻眼睛，然後看似開心地擺動耳朵，在羅倫斯手掌底下輕聲說道。

羅倫斯心想「妳在開玩笑吧？」而就快表現出有所警戒的模樣時，突然想到自己如果這麼表現，肯定會惹得赫蘿生氣。

即使知道赫蘿可能會生氣，羅倫斯還是稍微環視一下四周。當然啦，這裡根本沒有其他人。

羅倫斯忍不住做了一次深呼吸。

然後，就像在雷諾斯的那時一樣，羅倫斯緩緩貼近赫蘿的臉。

不過，這次與在雷諾斯那次有個大不同之處——當羅倫斯貼近到連赫蘿的睫毛都數得出來的距離時，突然傳來的敲門聲，讓他驚訝到差點整個人跳了起來。

「我拿熱水回來了。」

這時，寇爾的聲音響遍整間房間。

他打開房門後一邊用背部壓住它，一邊把臉盆端進來。臉盆的重量想必不輕，而且裡頭不斷地冒出濛濛熱氣，水滴沾滿了寇爾的臉。即便如此，為了羅倫斯兩人，寇爾一定還是很努力地端來臉盆。

看見寇爾這麼努力，羅倫斯怎麼可能有理由發脾氣呢？

他保持站在床邊的姿勢，一臉正經地回應：「辛苦啦。」

不過，這時他背上已經爬滿了冷汗。

敲門聲傳來的瞬間，赫蘿臉上就浮現了壞心眼的表情。

赫蘿方才會擺動耳朵，想必是在聆聽寇爾的腳步聲。

「發生什麼事了嗎？」

就算表情再正經，也很難在瞬間改變氣氛。

雖然寇爾露出有些訝異的表情，但羅倫斯決定裝傻到底。

他知道背後的赫蘿一定躺在枕頭上，露出不懷好意的笑容。

不過，最讓羅倫斯感到生氣的，不是赫蘿設下這般陷阱，然後幸災樂禍地看著他慌張失措的樣子。

他輕輕撫摸自己的左臉頰，假裝在抓癢的樣子。

「我請店家幫我準備了相當燙的熱水，如果熱水太燙，我再去要冷水來。」

寇爾放下臉盆，然後把兩條手巾泡進熱水說道。

如此體貼的少年要是自己的徒弟，旅途上不知道會有多輕鬆。

「好，謝謝。」

「請別這麼說，是我自己硬是要與兩位一起旅行，做這麼點事情是應該的。」

看見寇爾沒有任何企圖的笑臉，羅倫斯不禁覺得晚餐可以讓他多點一樣愛吃的料理。

要是赫蘿也表現得像寇爾這樣，羅倫斯肯定不到一個月就破產了吧。

「那麼，咱就不客氣了。雖然這軟膏教人難以相信地有效，但這味道對咱的鼻子來說，畢竟還是太刺激了。」

赫蘿一邊走下床，一邊說道。寇爾聽了，露出有些訝異的表情。

寇爾果然完全不覺得這軟膏的味道是臭味。

「嗯。熱水溫度剛剛好，趁水冷掉之前，趕快擦一擦唄。」

赫蘿把手伸進臉盆裡，不停攪拌著熱水。熱水或許沒有看起來那麼燙，只是因為房間裡頭太冷，才會不斷地冒出熱氣。

「嗯，對啊。還是趕快擦一擦，免得感冒了。」

聽到羅倫斯的話語後，赫蘿撈起一條手巾，擰乾後輕輕丟給了羅倫斯。

羅倫斯接下後，感覺到從手巾慢慢傳來一股暖意。如赫蘿所說，還是趕快擦一擦的好。

羅倫斯一邊這麼想，一邊打算撕下貼在右臉頰上的藥布時，忽然察覺到一件事情。

他看見寇爾站在不遠處，一臉尷尬地低著頭。

「怎麼了？」

羅倫斯還來不及這麼詢問，寇爾已經一副彷彿下了很大決心似的模樣，搶先一步開口說：

「那、那個，我到外面去等。」

說完話時，寇爾還露出了極為僵硬的笑臉。

他的表現明顯是在客氣些什麼。

而且，往走廊走去時，寇爾還對羅倫斯露出奇怪的眼神。那表情就像密使接下重要秘密似的，顯得極度認真。對於寇爾在想些什麼，現在的羅倫斯再了解不過了。

在房門「啪」的一聲被關上後，羅倫斯把視線從門邊移向赫蘿，看見赫蘿正一臉認真地擰著手巾。

「看小毛頭那反應，想必汝跟那隻狐狸交談得很融洽唄。」

原來如此，難怪寇爾會露出認真的表情。

羅倫斯與伊弗至少要表現出感情不錯的樣子，寇爾才有可能誤會兩人是情侶吵架。

不過，羅倫斯當然知道這時不能認真地解釋，否則就輸了。

「誰叫寇爾那表情好像在說『我絕對會守密』一樣，難怪妳會這麼想。」

赫蘿抬起頭，放鬆了臉頰說：

「呵咯咯咯。對咱投來的，卻是感到相當過意不去的眼神吶。」

然後，她保持蹲著的姿勢併攏膝蓋，再用膝蓋頂著下巴。

「要是汝也像小毛頭那樣，就可愛多了。」

羅倫斯撕下右臉頰上的藥布，沒有立刻回答赫蘿。

他輕輕觸摸臉頰，發現受傷的部位已經開始消腫，也幾乎不覺得疼痛。

這藥膏這麼有效，說不定能夠靠這個賺上一筆。

「這個嘛，所謂近朱者赤，我就是因為待在妳身邊，才會變得不可愛。」

羅倫斯拿起手巾，用力地擦起臉頰。用泡過熱水的手巾擦臉，有種難以言喻的舒暢感。

赫蘿也學著羅倫斯的動作，用擰乾的手巾擦拭頸部，還不停地擺動著耳朵。

不過，擦完頸部一圈後，赫蘿看向手巾，結果被那顏色嚇了一跳。

「的確，近朱者赤這句話似乎很正確。因為汝的臉總是紅通通的。」

羅倫斯用手巾乾淨的部分，重新舒服地擦了一次臉後，看向赫蘿說：
「最近比較不會了吧？」
「這種話虧汝說得出口。」
看見赫蘿一副受不了自己的模樣說道，儘管羅倫斯知道赫蘿是在挑釁，還是不禁感到有些不高興。
然而，當赫蘿一揚起嘴角，羅倫斯就發現自己被耍了。
「汝否認得了嗎？這樣唄，既然那小毛頭都體貼地迴避了。」
說著，赫蘿把手巾放進臉盆洗了洗，再次擰乾後，站起身子。
然後，她把手巾丟給羅倫斯，隨即脫掉整件上衣。
就算羅倫斯再怎麼習慣，一旦遇上出其不意的狀況，還是會感到心頭一驚。
對著這樣的羅倫斯，赫蘿叉著腰擺出撫媚的姿勢說道：
「幫咱擦背好嗎？」
對赫蘿來說，讓人看見裸體或許沒什麼大不了，但羅倫斯可就不同了。赫蘿明明非常了解這點，居然還刻意這麼做。
在他人展現紳士風度時，居然還趁機落井下石，這根本是缺德至極。
羅倫斯一邊以這樣的藉口解釋著自己的慌張，一邊沉默地把接下的手巾揉成一團，像個小孩

子似地丟向赫蘿。

寇爾調製的藥膏果然如奇跡般有效。

雖然赫蘿似乎還覺得身體有些僵硬，但塗抹上藥膏的時間只經過一下子而已，這麼一想就覺得藥效好得讓人難以置信。

羅倫斯臉上的傷也幾乎消了腫。

不過，因為赫蘿方才一邊說：「汝的傷也好了嗎？」一邊突然伸出手捏了一下，所以羅倫斯的臉頰可能又稍微紅腫了起來。

沒想到赫蘿做出如此可惡的舉動後，還露出不滿的表情在發脾氣，所以儘管心中的怒火幾乎就要爆發，羅倫斯還是沒敢反擊。

對於羅倫斯把手巾揉成一團扔人的舉動，赫蘿似乎相當忍無可忍。

不過，從不像在演戲的生氣模樣看來，赫蘿或許是真心希望羅倫斯為她擦背。

這麼一想，羅倫斯不禁覺得好像錯在自己，變得不知道該生氣還是該道歉。

「等會兒要去的商行，就是企圖做蠢事的商行嗎？」

為了先找到容易辨認的路，羅倫斯決定往河邊市場的方向走去。說到市場，一定有露天攤販，赫蘿也一定會買東西吃，所以羅倫斯當然先做好了心理準備。

但是，他怎麼也沒想到赫蘿皺起鼻子嗅了嗅後，就火速朝第一家攤販衝去。

羅倫斯一邊忍受著輕微的頭痛，一邊以視線追著赫蘿，結果發現前方攤販的加熱石板上，擺著不停冒泡的烤螺肉。

「對方到底有沒有企圖，那要等會兒確認後才知道。不過，照伊弗所說，有企圖的可能性似乎很高。」

赫蘿露出期待的目光，沉默地催促著羅倫斯，還真不知道她到底有沒有把話聽進去。

羅倫斯知道就算說不行，赫蘿也不可能聽得進去，所以決定放棄無謂的掙扎。

羅倫斯拿出一枚泛黑的銅幣，交給用小刀削著牙籤的老闆。老闆用剛剛削好的牙籤巧妙地拉出螺貝裡的螺肉，轉眼間就串好了三塊螺肉。

然後，老闆串了三枝。

羅倫斯原先覺得老闆賣得便宜極了，這才知道若要讓螺肉增添誘人的美味，還得另外付費灑上鹽巴。

羅倫斯一邊以笑臉向精打細算的老闆抱怨，一邊打聽珍商行的地點。

不藉此打探情報討回一些本錢，那怎麼划算。

「到了那兒，對方會願意說實話嗎？」

分發螺肉時，只有寇爾一人向羅倫斯道謝。

當然了，羅倫斯早就向寇爾解釋自己與伊弗之間的關係，並解開了誤會。

「如伊弗所說，那就得靠我的才能了。」

「好像不太可靠吶。」

聽到赫蘿開他玩笑，寇爾露出感到為難的表情笑笑。羅倫斯見狀，刻意做出滑稽的動作。

「不過，話說回來，同一個城鎮怎會有這麼大的差別吶？」

赫蘿看向對岸光景說道。

港口城鎮凱爾貝位於羅姆河口，中間夾著河川，分為南、北兩區，而羅倫斯等人投宿的旅館是位於北凱爾貝。

北凱爾貝的市場或氣派建築物，果然都集中在這一帶的沿岸地區，這裡的氣氛頗為熱鬧——不過，也只是比旅館四周熱鬧而已。

從沿著河岸的大馬路走一段路後，就會看見石頭散落四處的河岸。因為這裡是河口，所以擁有相當寬敞的河岸，河水也在距離岸邊相當遠的地方。只要把視線移向右手邊一看，前方就是海洋；就算是羅倫斯的鼻子，也聞得到海水的味道。河川的對岸是南凱爾貝，其前方有一大塊三角洲，港口城鎮凱爾貝最大的市場就建蓋在上面。

分為三個地區的凱爾貝哪裡最熱鬧呢？答案不用說也知道是三角洲。那麼，哪裡有櫛比鱗次的氣派建築物呢?答案是南凱爾貝。

相較之下，羅倫斯等人所在的北凱爾貝，果然給人一種相形失色的印象。

因為距離南凱爾貝的河岸相當遠，所以只隱約看得見隔著河川的對岸光景。即便如此，從停靠在那裡的船隻數量，以及堆高在市場的商品數量看起來，還是明顯多了不少。

即使在同一個城鎮裡，有時也會因為地點不同而有截然不同的氣氛。如果中間再夾著河川，那或許真的會變成另外一個城鎮。

「我記得對岸有羅恩商業公會的洋行。」

「汝說的是跟汝同鄉的商人們聚集的地方，是唄?」

「是啊。不過，因為羅恩商業公會在三角洲上也設了分部，所以我還沒去過總部就是了。」

羅倫斯指向位於河川與海洋交會處旁邊的三角洲。

他不確定能否用城鎮來形容這個三角洲，但以商人的角度來看，這個三角洲早已是個完整的城鎮。

從羅倫斯此刻所在的位置看過去，也看得到兩層樓或三層樓高、受到海風吹襲而泛灰的建築物，止雜亂無章地矗立著。

風若吹得強一點，那裡的喧鬧聲說不定就會乘著風傳來。

赫蘿如果脫去兜帽，說不定會知道三角洲上發生了什麼騷動。

「那邊好像比較熱鬧，咱們不過去看看嗎？」

「妳是想看看有什麼食物吧？」

聽到羅倫斯這麼說，赫蘿像個小孩子一樣鼓起腮幫子，露出不滿的表情。

赫蘿明明確信羅倫斯等會兒一定會帶她去，還刻意做出這樣的舉動。

羅倫斯一副悉聽尊便的模樣聳聳肩，準備踏出步伐時，忽然停下腳步。

他發現寇爾從方才就一直沉默不語地看著三角洲，連螺肉都忘了吃。

「怎麼了？」

「啊……沒、沒事——」

聽到羅倫斯這麼搭腔，寇爾整個人像是彈起來似地轉過身子。

「沒事？」

赫蘿一邊說道，一邊搶走寇爾手中還剩兩塊螺肉的牙籤，然後吃掉其中一塊。

「這是汝謊撒得太差的懲罰。」

然後，她裝出要咬下最後一塊螺肉的樣子，看向寇爾說：

「汝沒有任何話想說嗎？」

聽說很多動物都會讓自己的孩子接受嚴酷的考驗，狼或許也是如此。

羅倫斯腦中不禁浮現這樣的想法。

不過，赫蘿自己明明也沒能直率地向人討東西。

羅倫斯現在仍清楚記得剛遇到赫蘿時，她在兩人暫時停留的城鎮要蘋果吃時的難堪表現。雖然現在的赫蘿不會這麼做，但從她完全不給寇爾否認餘地的強勢態度看來，或許寇爾多少讓她想起了以前的自己。

「那……那個……」

然後，寇爾雖然年紀還輕，但畢竟是個少年。

「我想去三角洲。」

他跟赫蘿不一樣，機靈地看著羅倫斯這麼說，真是了不起。

羅倫斯從赫蘿手中搶走牙籤，遞給了寇爾。

還補上一句：「比妳了不起多了。」結果被赫蘿踹了一腳。

「你不是我的徒弟。所以，我會好好答謝你幫我們調製軟膏。你最好做好心理準備，讓我表現得厚臉皮一點。」

雖然這話不像在答謝，反而像在威脅，但很適合說給寇爾聽。

或許是寇爾天性直率與其個性使然，如果置之不理，恐怕會變得比徒弟更像徒弟。

因為知道世上不見得每個人都是好人，所以看見這樣的寇爾，羅倫斯忍不住替他擔心。他知道任何人若是想陷害寇爾，隨隨便便都能成功。

「……我明白了。」

寇爾露出為難的表情地笑了笑回答。

他一定是明白羅倫斯與赫蘿替他擔心，才會這麼說。

人們經常會說一個笑話。

一個心地善良的主人讓順從誠實的奴隸重獲自由，並且對奴隸說：「今後你不必再侍候任何人，自由地過活吧！」結果奴隸一直乖乖遵守主人的命令，之後沒再侍候任何人地活下去。

這個一直遵守主人命令到最後的奴隸，真的活得自由嗎？

說不定寇爾就是覺得自己很像笑話裡的奴隸，才會一臉為難地笑了出來。

「不過，雖然我剛剛說得那麼爽快，但不是馬上要去的意思。因為商人都是急性子，如果不先把事情辦好，就會坐立不安。」

「我明白。只是……」

寇爾答道，然後難為情地搔了搔頭說：

「我很期待您帶我去。」

雖然羅倫斯不禁心想「要是赫蘿也這麼地直率就好了」，但沒有看向她。

因為他的眼角餘光瞄到了赫蘿沒有笑意的笑臉。

「其實，這是我第三次來到這座城鎮，不過我只去過一次三角洲。」

「是因為過路要花錢嗎？」

寇爾輕輕點了點頭，回應羅倫斯的話語。

羅倫斯聽了，忍不住想問問寇爾，明明連到三角洲的過路費都付不出來，他到底是怎麼越過羅姆河的？

不過，有些時候寇爾會表現得特別果決，所以他一定是在這寒冬之中，把衣服纏在頭上，然後拚命游泳越過羅姆河的吧。

「哦，我沒去過南凱爾貝，那邊感覺怎樣？」

三人重新邁開腳步後，羅倫斯向吃下最後一塊螺肉的寇爾問道。

「南凱爾貝……比較漂亮。」

寇爾之所以停頓了一下才回答，是因為他先稍微觀察了四周狀況，而且回答得很小聲。

光是岸邊的景觀，南、北兩地果然就存在著明顯差距。

凱爾貝北端聚集很多來自異教之地的人們，南端則以南方前來的商人或正教徒居多，這樣的事實或許也是造成差距的原因。

在商人的圈子裡，南方的有錢商人壓倒性地多過北方，而金錢總會往金錢多的地方集中。

「不過，這邊的人施捨時比較慷慨。」

「喔。我聽說北凱爾貝的北方人比較多，是這樣的原因嗎？」

「應該是的，這邊也有很多出生於樂耶夫的人。不過，就算不是北方人，感覺上也是這邊的人比較和善。」

羅倫斯搔了搔鼻頭，思考了一下該怎麼回答。

北方與南方的對立關係，就像人類與狼的關係一樣微妙。

「生活在氣候嚴酷的地區，人們都會變得和善。」

聽到羅倫斯的回答後，寇爾笑容滿面地用力點頭。

一旦認定有必要，就不惜孤身前往南方地區學習教會法學；儘管寇爾的腦筋如此靈活，聽到他人誇獎北方人比南方人好的時候，還是會表現出天真無邪的開心模樣。

再次體認這件事後，羅倫斯似乎明白了為什麼在三角洲上，會建蓋著儼然是凱爾貝最大貿易中心的市場。

三角洲正是南、北兩方的緩衝劑。

或許應該說是一個中立之地。

「不過……」

羅倫斯邊走路，邊看著三角洲時，寇爾這麼說：

「南方人看起來總是很愉快的樣子。」

沒想到自己還要讓寇爾操心。

這麼想著的羅倫斯先是露出有些驚訝的表情，再慢慢露出笑臉說：

「因為氣候要是比較暖和，釀起酒來也比較容易。」

「啊，原來如此。」

相信再過幾年，寇爾一定會成為個性爽朗的好青年。

儘管覺得自己似乎把事情想得太簡單，羅倫斯還是無法否定這樣的預測。

而且，他相信赫蘿一定也這麼想。

說不定她就是預測到未來的發展，才會笑嘻嘻地牽著寇爾的手一起走——這就是為自己做投資吧。

當羅倫斯腦中浮現這般像在開玩笑，也像在忌妒的想法，而感到心頭一陣痛癢時，赫蘿從兜帽底下斜眼瞥了他一眼。

赫蘿的眼神夾雜著壞心眼的笑意，彷彿在說：「汝再這副漫不經心的樣子，小心咱真的移情別戀了。」

羅倫斯摸了摸下巴的鬍鬚，然後輕輕嘆了口氣。

這聲嘆息是為了取代方才險些脫口而出，最後吞進肚子裡的話語。

反正已經騙到手了，就不需要再用心了吧。

雖然羅倫斯很想這麼對赫蘿說，但還是打消了念頭。

如果做出這樣的行為，那真的會輸給寇爾。

羅倫斯心想：「真是的，竟然把小了自己一輪的少年當成對手。」並用力地吸了一大口冰冷的空氣，然後獨自默默地笑了出來。

第二幕

源自樂耶夫山脈的樂耶夫河會匯入羅姆河，而羅姆河會流入溫菲爾海峽。

在樂耶夫河水源區有名為雷斯可的礦山城鎮，樂耶夫河與羅姆河的匯流處有雷諾斯，而羅姆河與海峽交會處則有港口城鎮凱爾貝。

位於羅姆河流域最下游的凱爾貝，受託進行從上游運來的銅製品交易，擁有這般背景的商行，想必規模一定有相當大。

羅倫斯抱著這樣先入為主的觀念，以及準備背水一戰的心情前往目的地。

當他抵達珍商行前面時，不禁感到有些掃興。因為——

「是這裡嗎？」

赫蘿也一臉期待落空地這麼詢問。

那表情彷彿在說「這種破爛店面隨便一吹就倒」似的，說不定她心裡在想，要是真的被惹毛了，就變回狼形把整家店毀掉。

眼前的建築物屋簷下，掛著一塊長方形的鐵製招牌，看板上刻著「珍商行」。店面破歸破，但面向馬路的卸貨場上，還是看得到堆積如山的商品。

然而，被綁在卸貨場上用來載運貨物的，不是無論到了積雪多麼厚的深山裡也毫不畏縮的長毛馬；也不是能把一個小村落的所有家當一次運完的大型馬車。

屋簷下只看見骨瘦如柴的騾子，載著似乎是冬季用來作為飼料的燕麥桿堆，看似無聊地打著呵欠，等待出發。

珍商行的店面便是如此悠哉。站在店門口的三人之中，只剩下似乎把商行這個稱號直接聯想成金錢與權力象徵的寇爾，依然還露出如臨大敵的表情。

「哪位啊？」

一名體型略胖、年紀大約四十多歲的男子坐在卸貨場最裡面的櫃檯內，不知在寫些什麼。男子發現羅倫斯等人站在屋簷下後，抬起頭問道。商行裡除了這名男子之外，就只看得到放養於店內、啄食著麥穗的雞。

「如果幾位是來買東西，那我非常歡迎。不過，如果是來推銷東西……可能就得白跑一趟了。」

男子揚起有些鬆弛的臉頰自嘲地笑笑，完全沒有從椅子上站起來的意思，那模樣看起來非常地疲憊。

看見男子的模樣，赫蘿向羅倫斯露出了牢騷滿腹的眼神。

有一票人為了達成令人難以置信的目的，企圖利用金錢買賣可能是赫蘿同伴的狼骨，而珍商行就是這票人的同黨。

赫蘿的眼神告訴了羅倫斯——這票人是讓她恨得咬牙切齒的對象，而且正因為恨意如此地強烈，對象更應該是個能夠與恨意抗衡的強大商行。

只有寇爾一人還是老樣子。雖然男子露出疲憊不堪的神態，但他似乎誤以為那是一種威嚴。

不過，商行的規模大小，當然不會總是與待在其中的人物本領高低成正比。

到處都有把手伸進蛇穴裡，卻跑出龍來的故事。

「景氣真的這麼不好嗎？」

羅倫斯這麼回答，隨即踏入卸貨場一步。

想必是有大量麥桿在這裡搬入搬出，卸貨場才會留下散落一地的麥桿，這樣的光景讓人聯想到鄉村住家的屋簷下。店內放了各種商品，確實很符合商行應有的模樣，但淨是一些沒什麼吸引力的商品。

「呵，你是南方來的商人吧。南方景氣很好嗎？」

卸貨區角落放了疊起來的兵備。

看著似乎已經擺放很長一段時間的兵備庫存，身為一個曾因兵備而失敗過的商人，羅倫斯不禁感到慰藉。

「時好時壞。」

「我們這邊景氣很差，爛透了。」

男子一副完全沒輒的模樣舉高雙手說道。

赫蘿與寇爾也跟在羅倫斯後頭踏進卸貨場，東張西望地環顧著四周。

這時，赫蘿忽然用腳勾起蓋住地板的麥桿，結果麥桿底下露出了兩顆雞蛋。

「喲？那裡也有雞蛋啊。母雞總是到處亂下蛋，找都找不完。那兩顆等會兒再撿好了……沒錯，今年這地區的雞隻數量劇減，真是安靜到不像話。原本每年到了這時期，都會出現很多公雞和母雞，好不熱鬧的。」

「您是指北方大遠征，對吧？」

「是啊。人潮不出現，錢就不會動，人們不動，肚子就不會餓。不但農作物的價格下跌，像木桶或木盆之類的加工品，還有年年搶手的兵備也都賣不出去。在這樣的狀況下，就只有酒的價格一路往上攀升。」

「嗯？」赫蘿發出感到意外的聲音。

略顯肥胖的男子在櫃檯後方，笨拙地聳起肩膀說：

「人們沒事做，當然只能喝酒喝個痛快啊，不是嗎？」

聽到男子的話語後，赫蘿露出一副恍然大悟的模樣。

「那，您這個帶了兩個小跟班的商人，是要來介紹什麼賺錢生意呢？」

「小跟班？」

赫蘿在兜帽底下有些不悅地喃喃說道。這次她似乎無法像平常那樣，裝出一副乖巧修女的模樣。羅倫斯心想「早知道應該先好好叮嚀赫蘿的」，隨即用冷漠的表情制止了赫蘿。

「我是想來拜訪珍商行的主人。」

「嗯，我就是珍商行的主人。」

羅倫斯早料到男子就是珍商行的主人，所以沒有特別驚訝地點了點頭。他走向櫃檯，然後把伊弗給的介紹信放在櫃檯上。

「哎喲？抱歉、抱歉，您跟波倫商行有交情啊？」

「波倫商行？」

羅倫斯沒聽說過伊弗擁有商行，不禁感到有些意外。

他也一直認為伊弗比任何人都像獨來獨往的一匹狼。

不過，聽到羅倫斯這麼反問後，珍商行的主人沒有露出感到奇怪的表情。

取而代之地，他露出了開錯玩笑似的尷尬表情。

「雖然她沒有掛招牌，只是獨自一人在做生意，但像她那樣到處設下情報網，已經算是個規模十足的商行了吧？」

珍商行的主人邊拆開伊弗的親筆信，邊如此尋求羅倫斯的同意。

雖然羅倫斯不知道伊弗到底擁有多大的影響力，但他知道如果讓對方發現他與伊弗才認識不久，那肯定一點好處都沒有。

羅倫斯在臉上堆起曖昧的笑容點了點頭後，對方便自己推測了羅倫斯的想法，笑了出來。

「嗯……您是克拉福．羅倫斯先生啊。呵呵，沒想到會有男人拿那隻狼給的介紹信來找我，您到底抓到她什麼把柄啊？」

直到方才，男子都還表現得像是個沒落商行的蹩腳老闆，現在卻高高揚起左眉毛，抬頭瞪起了羅倫斯，那模樣看起來頗有大將之風。

不過，男子的表情絕不是想要嚇唬羅倫斯，也不是為了讓自己顯得更有威嚴。男子純粹是露出感到有趣的表情，而這表情想必能夠讓他看起來最像個難以應付的商人。

羅倫斯這麼重新評價對方後，也露出純粹因遇見有趣商人而喜悅的表情，聳了聳肩說：

「這是秘密。」

「噗哈哈哈！這樣啊，是秘密啊……那麼，您來找我是為了……」

珍商行的主人讓視線追著紙上的文字跑邊說道。

接著，羅倫斯的眼睛清楚地捕捉到他抽動臉頰的模樣。

紙上寫著有關尋找狼神腳骨的內容，如果是個正經的商人看到，肯定會邊笑邊拿起葡萄酒暢談一番。

然而，珍商行的主人一副憶起某事而發笑的模樣抖著肩膀，並小心翼翼地捲起親筆信，重新綁上馬毛。

「原來是這麼回事啊，已經很久沒有人對這個話題感興趣了，而且還特地透過伊弗．波倫的介紹前來打聽……我想，您應該是認真的吧。」

「雖然很難為情，但我是認真的。」

看見羅倫斯笑著回應，男子再次笑了出來。羅倫斯看出男子的笑臉夾雜著兩種表情。

第一種表情在說「怎麼會有商人這麼認真地前來打聽如此愚蠢的事情」；第二種表情在說「從前不管我有多麼高的意願，都沒有人願意聆聽，到了現在卻有人纏著我說這個話題給他聽」，是一個老人感到困惑的表情。

察覺到第二種表情後，羅倫斯感覺到胸口一陣悸動。

但是，男子立刻收起了這樣的笑容。

「不過，能夠為了來我這兒打聽這種玩笑事，還特地讓那隻狼寫了親筆信的男人，肯定是一個了不起的男人。仔細一看才發現，您身旁那兩個小跟班，似乎也是不能掉以輕心的對手。」

「我們並不打算爭取議會席次，比起在他人眼中的形象，我們更重視自己能夠做些什麼。」

「今日來到本商行的商人克拉福．羅倫斯，您這句話說得相當正確，我也要好好自我介紹一下才行。我是珍商行的主人泰德．雷諾茲。」

羅倫斯等人南下羅姆河途中，曾在某個文件上花了很多腦力思考，那文件所記載的珍商行記帳者就叫作泰德．雷諾茲。

羅倫斯當初以為泰德．雷諾茲是個年輕男子，沒想到本人的年齡比他想像中多出了一倍。

「珍是我父親妻子的名字，我父親是個很疼老婆的人。」

「那真是個好丈夫呢。」

「沒，取了這個名字後，其他交易對象都嚇得發抖，所以我父親搞不好是個怕老婆的人。」

雷諾茲像個裝模作樣的貴族似地豎起一根手指頭，閉起一邊眼睛，然後露出了笑容。

儘管那模樣一點兒也不適合他，卻散發出可愛而平易近人的氣質。

看來對上雷諾茲可不能掉以輕心。

「那，說到您想要跟我打聽的這件事情，也還真是件怪事。」

「是啊，世上總有人會做一些怪事。」

「嗯，一點也沒錯。喲……嘿咻！」

雷諾茲還是一副動作困難的模樣站起身子，然後只說了句：「在這邊等一下。」便從櫃檯走到屋內去了。

卸貨場上只剩下放養的雞，咕咕叫著並啄著寇爾草鞋因摩擦而捲起的部分。

雖然寇爾拚命地想要趕走牠們，但雞卻不肯放過他。

赫蘿看似愉快地望著寇爾與雞搏鬥好一會兒，突然朝向雞露出尖牙。

這時，原本不會飛的雞嚇得都飛了起來。

「久等了……唉喲？」

逃跑出去的雞在空中留下了細碎的羽毛，那些羽毛還來不及落地，雷諾茲已經從屋內抱著木盒，回到了卸貨場。

就算不是眼尖的商人，也能夠輕鬆猜出發生了什麼事。

「抱歉啊。不知道怎麼搞的，我們家的雞特別喜歡起毛的東西。」

「現在天氣這麼冷，我看還是把手指頭藏起來比較好。」

聽到羅倫斯這麼回答，雷諾茲大聲笑了出來。

「哈哈哈！我甚至不願意去想像那樣的畫面。要是雞真的跑來啄我手指頭乾燥裂開的地方，我肯定把牠連同肚子裡頭、預計明天要生的蛋，一起丟進鍋子煮來吃。」

看見寇爾若無其事地搓著自己的手指頭，羅倫斯笑了笑並毫不客氣地看向雷諾茲放在櫃檯上的木盒，問道：

「那木盒是？」

「嗯，這個木盒啊——」

說著，雷諾茲毫不遲疑地打開盒蓋。這時，羅倫斯有些吃驚地僵住了。

木盒裡塞滿了動物的骨頭。

「我們家以令人難以置信的高價，尋找著深山荒村的神骨——這些是聽到這種傳言後，親切地協助我們尋找神骨那些人的努力結晶。」

雖然這拐彎抹角的說法正表現出相當厭煩的心態，但羅倫斯看不出坦白到何種程度。

不過，如果雷諾茲說了謊，事後再向赫蘿確認就好了。

「那些是真的神骨嗎？」

「要是真的就好了。您看我商行這個樣子，也知道是假的吧？我又不是因為太貪心而花錢搜購這麼多骨頭，現在整家店卻像快要倒掉一樣。」

雷諾茲說整家店就像快要倒掉一樣，無疑是在扯謊。這家商行的生意再差，至少還受託負責處理從羅姆河上游運來的銅幣，身為一個中繼站，其獲利應該比表面看起來的更多。

不過，羅倫斯覺得雷諾茲這副懶得理會的態度，並不是裝出來的。

雷諾茲眼裡流露出像個純真孩子般的疑惑目光。

「事情都已經過了這麼久，您怎麼還對這種玩笑感興趣？」

聽到雷諾茲以「玩笑」來形容這件事情，羅倫斯確實無法反駁。

「伊弗小姐也跟您說過一樣的話，但這兩位其實是北方人。」

「嗯……」

說著，雷諾茲稍微睜大了眼睛。

他臉上的表情彷彿在說，自己下了個非常嚴重的誤判。

「原來如此，是這樣啊……嗯……是我表現得太輕率了，你們別不高興啊。雖然我會藐視這件蠢事，但沒有藐視你們神明的意思。」

雷諾茲一副在教會裡向神明宣誓似的模樣，先是揉了揉鼻子，再攤開手掌這麼說。

光是聽到赫蘿兩人是北方人，雷諾茲就完全搞懂了狀況，這樣的表現說出此地距離樂耶夫山脈非常近的事實。

而且，從這樣的表現當中，也看得出雷諾茲很尊重北方人。

「如果是這樣，我當然很樂意幫忙。事實上，這還真是一件蠢事。」

雷諾茲改變氣氛的速度之快，讓人感到頭昏目眩。

他的語氣令人幾乎忘記這裡是快倒閉商行的卸貨場，而有種置身鎮上議事廳的錯覺。

「樂耶夫的深山裡，流傳著許多讓教會無法置之不理的傳說。其中有些傳說實在沒什麼可信度，但有些傳說又像是煞有其事。雖然我不知道你們的故鄉在哪一帶，但只要聽到某村落的狼骨傳聞，你們就能猜出是哪個村子吧。」

「是魯比村沒錯吧？」

寇爾從旁插嘴問道。

他那認真的模樣，與方才被雞啄草鞋而快要哭出來的少年，簡直判若兩人。

「沒錯。你知道是魯比村，又一路追查這個傳說，想必一定是個沒遭到殺害的幸運少年，不然就是個見聞過世間醜惡的少年。」

寇爾曾提過，佩帶長劍前來的傳教士以暴力鎮壓魯比村，殺害了無數村民。

聽到雷諾茲的話語後，寇爾一邊用力握緊拳頭，一邊點點頭。

「我也不想多問旁邊這位姑娘明明是北方人，為什麼要打扮成教會修女的模樣。商人的錢雖然帶不進墳墓，但至少回憶還可以。」

說罷，雷諾茲僵硬地擠出自嘲似的笑容。

赫蘿也輕輕笑了一下。

踏進墳墓之前，每個人都希望盡可能地只見聞一些純真、美好的事情，而赫蘿會做出這種反應，是因為她知道面對這樣的願望，只能無奈地輕笑帶過。

「那麼，回到魯比村神明的話題。我記得是前年夏天接近尾聲的時候吧。那時傳教士和傭兵集團聚在北方的山林和平原，精力充沛地四處奔波；也經常會聽到某某村落怎樣又怎樣的話題。在這之中，跟我們家配合往來的商行參與了一件事。不，應該說他們不得不參與。」

「您是指德堡商行嗎？」

如果不明確表示自己已經做過事前調查，對方很可能為了增加故事的精采性，或為了隱瞞重要情報而故意撒謊。

所以羅倫斯明確表示了自己並非完全無知，以達到牽制對方的效果。

雷諾茲察覺到羅倫斯的舉動後，輕笑一聲說：

「呵。您都有辦法拿到波倫家狼女的親筆信了，我不會對這樣的商人說謊。我很尊敬那隻狼女。所以，我也會對她所信任的商人克拉福．羅倫斯表示敬意。」

雷諾茲那不帶笑意的笑臉，看起來像是在生氣。

不過，羅倫斯不覺得自己方才說錯了話。

因為這樣的互動，就像為了決定兩名商人之間遊戲規則而進行的儀式。

「很抱歉，打斷了您說話。」

「不，要是只讓我一個人說話，就會不小心變成長舌公。既然各位不是完全無知，那我應該只講重點就好。」

雷諾茲先清了清喉嚨，然後稍微坐正身子。

他的視線停留在牆壁上，目光焦點集中在記憶之中。

「據說有一群教會人士因為各種原因，讓德堡商行不得不聽話。這群人主動去找德堡商行商量這件事。他們對德堡商行說：『我們到了北方山裡，探勘過異教徒的傳說後，發現其中有些傳說與其他的無稽之談不一樣。這些傳說具有形體、也結出了果實。你們商人不是能夠買賣世上的一切有形物品嗎？既然這樣，就能夠找出具有形體的傳說果實吧？』」

與其說商量，事實上教會肯定更像在下命令。

明明像在下命令，雷諾茲卻刻意以這般說法來表現，看來是想要暗中傳達他對教會的反感。

「就像鍊金術師給我們難以理解的印象，我們會覺得他們很詭異，好像萬事都難不倒他們的道理一樣。在教會眼中，我們商人所做的生意就像在做什麼詭異、不道德的交易，所以教會那些人似乎誤以為任何事情都難不倒我們。不過，只要是做生意的商人，都會遇到很多無法拒絕的工作。而這樣的工作，往往是從上游流向下游。」

「您說的一點兒都沒錯。」

聽到羅倫斯這麼表示贊同，雷諾茲看似滿足地點了點頭。

有些工作，是由皇帝指示宮廷商人，宮廷商人指示其所支配的商行，商行指示其分行，最後由分行行長指示市井商人來完成的。

只要找出源頭，就會發現謁見皇帝時，恭敬地獻給皇帝的各種貢品當中，很多都是由連一枚銅幣也要計較的小商人所購得。

只不過，命令永遠都是由上往下、物品永遠都是由下往上，不會有反過來的情況發生。

「然後，我們家商行，就位於偉大的河川精靈羅姆所掌控的羅姆河最下游。對於從上面搖啊搖地流下來的命令，不分其善惡，我們都必須接受。那正是所謂……」

雷諾茲鬆弛的臉頰用力晃動了一下，那彷彿是為了今天這個瞬間，而特地讓臉頰鬆弛似的。

「就算砸大錢，也必須硬著頭皮去做。」

羅倫斯點了點頭，然後看向放在櫃檯上、塞滿了大量骨頭的木盒。

一般來說，某家商行在尋找某樣商品的消息傳出後，商行根本不可能收到這麼多商品。

珍商行會收到這堆像是狗、貓、羊、牛或豬的骨頭，是因為大家都知道珍商行在凱爾貝尋找狼骨的行為，並不是正當的生意。

如果是正當的生意，要是送上不正當的商品，就拿不到報酬。

不過，如果是不正當的生意，就算送上不正當的商品，也可能拿到報酬。

只要能讓第一個發出命令的教會人士滿足，那麼送上物品的珍商行，與其上游的德堡商行，就有拿到報酬的可能性。

骨頭這東西要多少有多少，到哪兒都找得到。

對商人來說，送上骨頭賭賭看能否拿到報酬，這根本沒什麼風險可言。

唯一會感到困擾的，就是這場賭局的臨時莊家——珍商行。

「總之，當時這就像辦了一場祭典一樣，好不熱鬧。畢竟如果找到真的骨頭，據說能夠拿到的報酬高達一、兩千枚盧米歐尼金幣。」

「後來……」

說著，雷諾茲自嘲地笑了；此時寇爾便將話題接了下去：

「後來找到骨頭了嗎？」

在雷諾茲下垂的眼瞼底下，那不帶情感、宛如透明玻璃彈珠般的眼珠瞬間有了變化。

寇爾這樣的問法太不識趣，完全偏離了商人的互動規則。

不過，那雙眼睛立刻變回適合坐在櫃檯上，悠哉地等待客人上門，並眺望著雞啄食地上麥穗的眼神。

商人不會因為聽到不識趣的發言而生氣。他們只會配合發言，做出適當的應對而已。

也就是說，雷諾茲不會再以商人的身分發言。

「呵。要是找到了，我現在早就坐在黃金做成的櫃檯上了。當然了，當時有一堆謠言，說我已經找到骨頭，賺了一大筆錢，我還被恐嚇了好幾次。不過，這種事情想也知道真相是怎樣。把這麼多的錢偷天換日地搬來給我？到底什麼人能有這種本事啊？」

雷諾茲之所以會以揶揄的方式說話，是因為這樣的謠言確實愚蠢至極。

假設真有人支付一千枚金幣給珍商行，只要是做生意的商人，想必會立刻察覺金幣的動向。

即使在深夜裡悄悄移走了一座山，隔天早上大家還是會發現。

這種事情根本隱瞞不了。

寇爾似乎很自然地察覺到這樣的事實。

他一副感到遺憾的模樣，垂頭喪氣點了點頭，並答謝雷諾茲回答他的問題。

在那瞬間，雷諾茲驚訝地瞪大了眼睛。羅倫斯看了，也忍不住笑了出來。

雖然以商人來說，寇爾的發問方式是最不識趣的表現，但發問後會不忘好好向人道謝的禮儀，可是很多徒弟就算屁股挨了好幾鞭還記不住的事情。

雖然雷諾茲看似行動作困難地坐在商行的櫃檯上，但身為商人的眼光肯定相當厲害。

所以，他才會把商人的視線移向羅倫斯說：

「羅倫斯先生，您似乎有個很不錯的徒弟。」

雷諾茲的眼神有如老鷹企圖捕捉獵物般銳利。

他說話的樣子並沒有特別做作，這似乎是他的真心話。

「他不是我的徒弟。」

「什麼!?」

雷諾茲露出難以置信的模樣，誇張地表現出自己的驚訝後，把視線移向寇爾。羅倫斯見狀，立刻這麼說：

「他是未來的教會法學博士。如果我說他是商人的徒弟，那他以後恐怕會上不了天堂。」

羅倫斯不知道該怎麼形容雷諾茲此刻的表情。

如果能夠做些出乎赫蘿意料的事情，並且讓她露出像雷諾茲這樣的表情，羅倫斯肯定就有辦法抓住赫蘿的韁繩。

羅倫斯看著驚愕的雷諾茲這麼想，而雷諾茲隨即一副彷彿在說「被打敗了」似的模樣，拍了一下自己的額頭。

「嗯～身為北方人，未來又會成為教會法學博士，目前在追查故鄉神明的傳言……原來如此，不愧是能夠讓那隻狼女信任的商人。您的行商之旅似乎相當複雜而令人羨慕呢。」

一個對人脈或權力關係極為敏感的商人，看到未來可能成為教會法學博士的人，就等於看到閃閃發光的黃金。而且從對方的言行舉止之中，就能多少判斷出未來是否會有一番成就。

只要是個能力受到肯定的人物，商人隨時願意投資。

羅倫斯感受得到雷諾茲不斷傳達出這樣的訊息。這時，雷諾茲忽然看向赫蘿，然後對著羅倫斯說：

「那麼，這位姑娘也是來自什麼名聲顯赫的修道院嗎？」

赫蘿當然也發現了，方才雷諾茲盯著寇爾時，露出了有如老鷹企圖捕捉獵物的眼神。

然而，雷諾茲沒有對赫蘿露出那樣的神情。

他之所以會這麼詢問羅倫斯，或許是覺得不好意思忽略赫蘿，也或許是想要閒話家常。

對於這種受到藐視的對待，赫蘿當然不可能滿意。

那麼，赫蘿要怎麼抬高自己的價值呢？

只有在算計這種事情的時候，赫蘿的速度之快，連商人都不得不甘拜下風。

聽到雷諾茲的話語後，赫蘿立刻迅速躲到羅倫斯背後，並且用力揪住羅倫斯的衣服。

那模樣簡直就像個怕生的少女一樣，同時也像在主張羅倫斯是自己的庇護者似的。

就連神明所擁有的東西，商人都想拿到手；如果是人類所擁有的東西，更容易勾起他們的慾望。這就是商人的本能。

赫蘿的舉動果然帶來了絕佳的效果。

「哈哈哈哈哈！」

雷諾茲大笑後，羅倫斯發現赫蘿從他背後稍微探出頭來，露出壞心眼的笑容。

這是不使用言語的多層面心理戰。

雷諾茲之所以大笑，是因為他立刻發現自己中招了。

「三位客人真是太妙了！我看時間就快中午了，要不要一起吃個便飯，慶祝我們認識呢？」

對羅倫斯來說，雷諾茲的提議當然是再好不過了。

他覺得與雷諾茲交談，洋溢著刺激感。

「如果方便，我們非常樂意。」

「我真是太幸運了！那麼，我立刻叫傭人準備料理。只不過……」

雷諾茲把視線移向羅倫斯三人後方的卸貨場，繼續說道：

「為了準備料理，需要一隻活蹦亂跳的雞；可是今天偏偏看不到半隻雞。」

「啊！」

寇爾大叫了一聲，赫蘿則是別開了視線。

因為赫蘿方才露出連狼群都會夾起尾巴逃跑的兇狠目光，趕走了不停啄著寇爾草鞋的雞群，所以現在卸貨場上一隻雞都沒有。

「方便的話，可以幫我把好鄰居叫回來吃飯嗎？」

聽到雷諾茲像個惡作劇的小孩一樣開心地笑著這麼說，寇爾慌張地、赫蘿則是心不甘情不願地跑出去追雞。

雞肉和葡萄酒。

如果說為了生存必須有麵包和鹽巴，那麼為了享受人生的樂趣就必須有雞肉和葡萄酒。若還是因緣際會受到招待而吃到這兩樣東西，那更是教人開心。

在雷諾茲還沒說出「不用客氣」之前，赫蘿已經大口吃了起來，寇爾則是以未來可能成為教會法學博士的人應有的表現，注重禮儀地享用食物。

順利探聽出狼骨的話題，對方還特地準備料理招待，這作風真是豪邁——抱有這般想法的，恐怕只有寇爾一個人吧。

用餐時，除了閒話家常的無聊話題之外，雷諾茲還提到一些兩年前狼骨事件達到最高潮時的笑話，也詳細說明狼骨事件慢慢降溫的過程。

不過，不管任何時候，商人總會要求報酬。

羅倫斯一直很在意雷諾茲會要求什麼報酬，最後在分手之際，得到了答案。

雷諾茲主動要求與羅倫斯握手。

「請代我問候伊弗．波倫小姐。」

雷諾茲用兩手牢牢地握住了羅倫斯伸出的右手。

而且，雷諾茲明顯露出了商人的眼神。

雷諾茲想表達的意思是：「我不僅詳細說明了狼骨的話題，還準備午餐熱情地招待了客人，請好好轉達伊弗這件事情。」

雷諾茲的目的想必是希望與伊弗配合往來，以更進一步擴大其生意。

不過，雷諾茲所經營的珍商行雖然看起來不怎麼樣，但其配合往來的對象可是手中牢牢握著採礦權的德堡商行。

有這背景的雷諾茲就算贏得伊弗的深厚信賴，應該也沒有太大利益可圖。

還是說，伊弗真是個影響力如此大的人物？

儘管心中有很多疑點，羅倫斯還是必須答謝雷諾茲的款待。

確實給予雷諾茲回應後，三人離開了珍商行。

一行來到商行時，雷諾茲起初是一副完全沒打算從椅子上站起來的模樣；沒想到離開之際，竟然還到了門口送行。

「接下來……」羅倫斯自言自語道。

已經輕鬆達到了目的。

不過，不可否認地，一路與雷諾茲互動下來，確實有些感覺很矛盾的地方。

像是珍商行的破爛店面、雷諾茲收下伊弗介紹信時的反應，以及方才告別前雷諾茲所採取的行動，都顯得矛盾。

雖然這些可疑之處與狼骨話題並沒有直接的關係，但商人的行動總會在讓人意外的地方形成關聯。

羅倫斯一邊沉思，一邊輕輕捏著下巴鬍鬚。

「汝接下來怎麼打算？」

然而，赫蘿的話語打斷了羅倫斯的思緒。

羅倫斯於是看向了赫蘿。在那瞬間，他不禁想起雷諾茲剛才招待他們的雞肉料理。

那道雞肉料理是把雞腿燙熟後，再淋上加了香草碎片、黃芥末醬以及醋所調製的醬汁，可說極品中的極品。

想要知道那道雞肉料理有多麼美味，只要看赫蘿沾著香草碎片的嘴角，就能輕易明白。
羅倫斯伸出手指替赫蘿取下香草碎片時，她一副有些嫌煩的樣子閉上一隻眼睛。
羅倫斯很快就知道赫蘿不是因為被人當小孩子看待，所以故意用生氣的方式掩飾難為情。
因為他看見赫蘿這麼別過臉去後，向寇爾使了一下眼色。
寇爾一邊露出訝異的表情，一邊像是感到佩服地點點頭。看了寇爾的舉動，羅倫斯不禁嘆了口氣。
赫蘿與寇爾似乎暗中打了賭，內容八成是看羅倫斯會不會幫赫蘿取下那片香草。
「這個嘛……接下來要怎麼辦嗎……」
如果認真做出回應，羅倫斯就輸了。
所以，他假裝沒看見兩人互使眼色的樣子喃喃說道：
「因為太順利就打聽到想知道的事情，感覺有些掃興呢。」
「嗯？」
「我原本以為對方會隱瞞更多事情的。」
聽到寇爾的話語後，這回換成是羅倫斯向赫蘿使眼色。
羅倫斯與赫蘿的視線交會後，立刻雙雙別開了視線。
赫蘿會有這樣的反應，代表著她也覺得方才的交談有可疑之處。

羅倫斯避重就輕地說：

「……是啊。現在我們可以確認，教會相信魯比村的傳說。這麼一來，就表示教會那些人所相信的東西真的存在過，算是我們的一大進展。」

寇爾一臉認真地頻頻點頭。

然而，如果赫蘿也覺得雷諾茲的言行舉止有所矛盾，或許事情就不是現在想的這麼單純。

羅倫斯之所以沒有這麼告訴寇爾，是因為怕說了會讓問題變得更複雜。

誰叫寇爾太直率了。

就連赫蘿個性這麼彆扭的人，一提到有關故鄉的話題都會臉色大變；那個性直率的寇爾就更不用說了。

等到有適當機會，再好好向寇爾說明就好了。

「不過，有一件事情很遺憾。」

「？」

寇爾看向羅倫斯，微微歪著頭。

因為知道寇爾不會表裡不一，羅倫斯不禁覺得寇爾做出這樣的動作比起赫蘿可愛多了。

「因為進行得太順利，結果好像沒必要使出殺手鐧。」

「啊……您是說銅幣的事情？」

從河川上游送來時，只裝了五十七箱的銅幣，等到準備從珍商行送到海峽對岸時，卻不可思議地變成了六十只箱子。

羅倫斯懷疑這是珍商行的把柄之一。

假使珍商行堅持隱瞞狼骨的事情，應該可以用這件事情動搖對方，而羅倫斯也已事先告訴寇爾這個想法。

不過，羅倫斯只知道箱數不合的事實能夠用來動搖對方，卻到現在還沒有向寇爾問出箱數不合的原因。

當然了，羅倫斯也沒有自己想出原因。

「不過，既然沒必要使出這個殺手鐧，等旅行結束時你再告訴我答案當作謝禮就好。」

獨力想出原因的寇爾點點頭後，看似難為情地笑了笑。

「我們現在能做的，頂多是趁著去向伊弗道謝時，順便再收集更多情報而已。話雖如此，表現得太著急也不好。要是讓伊弗察覺到有什麼不對勁，那就傷腦筋了。」

「呃……您的意思是，如果對方發現有人認真在追查這件事，可能會覺得確有其事嗎？」

對於寇爾無時無刻不忘學習的認真態度，羅倫斯不禁感到欽佩。

羅倫斯點點頭說：

「雷諾茲和伊弗之所以一下子就說出狼骨的事情，是因為他們已經徹底研究過這件事情，並且做出這是無稽之談的判斷。如果這件事情有那麼一點點真實性，所有人都會像貝殼一樣緊緊閉上嘴巴吧。」

「所以，我們如果太過認真地探尋這件事情，那些人就會開始有所防備，並懷疑我們是不是掌握了能證實狼骨傳言的重要關鍵。」

羅倫斯等人之所以會相信狼骨傳言是事實，當然是因為赫蘿的存在。

對此也有共識的寇爾豎起右手食指，以一副彷彿大廚師在說「這道料理的秘方，就是加了極少量的香草」似的得意模樣說著。

也有些像是小狗剛剛學會了某樣才藝，然後順利表演成功時的驕傲模樣。

這樣的寇爾看起來並不顯得驕傲自大，大概是因為他是刻意地露出得意洋洋的模樣，而且也有所自覺的緣故吧。

寇爾天生就很容易與人親近。

「不過，因為沒有人相信，所以能夠很輕易地打聽出情報，這樣的事實很諷刺不是嗎？我們明明是想確認傳言真假，才向那些人打聽的。」

「再來就要看個人的信仰心了。也就是要有在周遭人們的否定聲浪中，還能夠相信傳言是正確的男氣。」

寇爾溫順地點了點頭。

『而這個話題也可以延伸到另一個話題。聖職者向神明請示：『人們能夠得到救贖嗎？』卻得不到神明的答案。這不是因為神明怠慢，而是因為這個問題太怎樣？」

未來的教會法學博士就像剛鑄造好的鐘般，只要輕輕一敲，就會立刻發出響亮的回應。

「因為這個問題太理所當然了，對嗎？」

與寇爾的對話有些不同於赫蘿，那感覺很直率，是能夠讓人感到安心的知性對話。

羅倫斯覺得，他現在似乎能夠明白，那些被稱為學者的人們，為什麼會一整天不斷地對話。

兩人就這樣一邊交談，一邊慢慢走路，不知不覺中，變成寇爾在羅倫斯身旁並肩走著。羅倫斯心想，這樣的感覺也不賴。

十年後如果也能夠這樣並肩而行，寇爾一定能夠變成一個好知己。

羅倫斯這麼想著，不禁開始期待了起來。

不過，這時有人介入了羅倫斯與寇爾兩人之間。

那人就是一直被冷落在旁的赫蘿。

「汝等在咱面前聊得很愉快吶？」

赫蘿露出有些不悅的表情說道。

為了自身安全，羅倫斯決定還是不要去分析赫蘿話中的意思。

「如果沒有必要馬上去找那隻狐狸，咱想去一個地方。」

「什麼地方？」

聽到羅倫斯的詢問後，赫蘿指向河口說：

「那個熱鬧的地方。」

不用說也知道，赫蘿是指三角洲上的市場。

赫蘿的尾巴在長袍底下興奮地不停甩動，或許是期待吃到美味的食物。

於是，與寇爾的知性對話告終，現在又回到了淺顯易懂的對話。

羅倫斯越過赫蘿頭頂看向寇爾。

寇爾有些害羞地點了點頭。

雖然赫蘿一半是為了自己才說要去三角洲，但另一半肯定是為了寇爾。

對於與寇爾的知性對話，以及與赫蘿的淺顯易懂對話，羅倫斯很難在兩者之間決定優劣。那是因為赫蘿淺顯易懂的話語裡頭，總是藏著某些秘密。

所以，羅倫斯也沒有揭穿赫蘿話語裡的秘密，只是淡淡地回答說：

「妳老是想著要吃東西。」

看見羅倫斯一臉無奈地說道，赫蘿的琥珀色眼珠轉了一圈後，嘟起了嘴唇輕輕一笑。

「咱無時無刻都想著汝吶。」

赫蘿稍微拉高聲調，用著撒嬌的聲音這麼說著，抱住了羅倫斯的手臂。

因為羅倫斯忘了把香草沾在自己的嘴角上，所以這樣算是與赫蘿扯平了。

不過，一旁的寇爾紅著臉，一臉困擾地不知道該把目光往哪兒放。

雖然羅倫斯內心無法控制地湧上一股優越感，卻無法坦率地感到開心。

因為赫蘿做出這樣的舉動，相對地就是在要求回禮。

「沒辦法，誰叫我是妳的食物啊。」

羅倫斯這麼給了回禮後，赫蘿露出心滿意足的笑容，並且用力地擺動耳朵，連兜帽都差點脫落了。

「那麼，別忘記鬆開荷包的繩子，好嗎？」

羅倫斯把視線移向寇爾。

他露出試探的眼神，想聽聽寇爾的回答。

對於這類的文字遊戲，寇爾與赫蘿一樣很懂得怎麼回答。

「這時候好像要說『謝謝招待』吧。」

「真是的，好想來一杯餐後酒啊。」

在寇爾的巧妙配合後，羅倫斯這麼結束了話題。

凱爾貝的三角洲中心位置上，有一座大型蓄水池。

蓄水池裡養了各式各樣、大大小小的魚，時而還會看見烏龜或水鳥群集。

不過，在池邊編織句子的不是一頭金色捲髮的詩人，在那裡交談的話語也不是超脫世俗、以唯美文法撰寫出來的詩句。

蓄水池裡的魚兒不停在網中繞圈子，烏龜和水鳥有些被綁住腳，有些被綁住嘴巴。

單刀直入的數字與殺價話語在池邊交錯，吐出這些話語的人們個個都是大嗓門，抓魚的手臂也都相當粗壯。

來往市場的人們，把這座蓄水池稱為「黃金之泉」。

建蓋在三角洲上的凱爾貝市場範圍，擁有從這座蓄水池往北走兩百步、往南走兩百步的寬度，以及往東走三百步、往西走四百步的長度。

雖然三角洲上還有足夠的土地擴建市場，但市場似乎從以前就被規定只能有這般大小，至少就羅倫斯所知，這裡的市場還不曾擴建過。

這麼一來，市場建蓋建築物時，當然會以節約土地為原則。

人們會說「連隔壁的帳簿都看得一清二楚」，就是在諷刺市場的建築物密集度過高。

羅倫斯等人一站上三角洲，赫蘿便摀住了耳朵。

雖然赫蘿是抱著開玩笑的心態才這麼做，但那模樣不見得完全是裝出來的。

不管是什麼時候，只要來到港口城鎮凱爾貝的最大市場，這裡總是一片人聲鼎沸。

「今天是在舉辦祭典嗎？還是有什麼活動？」

羅倫斯付了船夫船費，然後從棧橋站上三角洲時，聽到先站上三角洲的寇爾露出錯愕的表情，詢問著他身旁的赫蘿。

三角洲上共有三個停船處，羅倫斯等人下船的地點，是在以往返北凱爾貝的船隻為主的停船處。因此，在這裡看不到三角洲市場的地標——也就是用擱淺船所作成的大門。取而代之地，這裡有一塊經過切割、卸下港口後就被置之不理的石頭。

石頭後方就是市場，市場裡明明有摩肩接踵的洶湧人潮，每個人卻都沒有好好看向前方，而是一邊緊緊盯著店面看，一邊走路。

「嗯？這樣的人潮還算常見唄。咱還曾經去過整座城鎮都這麼多人的地方吶。」

赫蘿一副自己無所不知的表情說道，還高高挺起她那外觀看起來與寇爾相差不遠的胸膛。

「真、真的啊……老實說，我看過的熱鬧城鎮頂多只有雅肯而已……」

「嗯。這沒什麼，年輕時候不知道的事情總比知道的事情多。只要增加見識，一件一件慢慢地學習就好了。」

「一點也沒錯。話說回來，妳第一次跟我去到河口城鎮時，也問了幾乎一樣的問題。」

羅倫斯從後方把手放在赫蘿頭上這麼說。

赫蘿在帕斯羅村停留了好幾百年，在這段期間世界的改變之大，甚至連神明都會覺得自己變老了。說起不了解世俗的程度，赫蘿一定比寇爾來得嚴重。

不過，說起喜歡自誇的程度，也一樣是赫蘿比較嚴重。

赫蘿一副嫌煩的模樣，把羅倫斯放在她頭頂上的手撥開，然後一臉威嚇地瞪著羅倫斯說：

「汝的心胸就是這麼狹小。現在能藉機自誇比咱更博學多聞，汝心裡一定很開心唄。」

「這話我原封不動地還給妳。說到妳去過的大都市，不過就是留賓海根吧。」

赫蘿壓低下巴，鼓起了腮幫子。

雖然寇爾一副有些膽顫心驚的模樣，但很明顯地，這是赫蘿想要有人陪她玩的表現。

「誰叫汝是個連平常三餐都要嘮嘮叨叨說節省是美德的旅行商人吶。咱身為汝的囚犯，怎麼可能到處遊走？還是說汝願意帶咱到處遊走嗎？」

赫蘿深蘊含蓄之美的複雜話語，像在測試羅倫斯是否記得一路旅行下來的所有回憶。要是有一個解讀錯誤，很可能被赫蘿一腳踹到天邊。

寇爾一副分不清是玩笑還是當真的模樣，表情難掩不安。

當然了，羅倫斯與赫蘿是因為有寇爾這樣的觀眾，才願意站上舞台演戲。

所以，羅倫斯有禮貌地，也很明確地答覆赫蘿說：

「商人會以金錢解決一切，所以只要不用花錢，要幫多少忙我都願意。」

「比方說哪些狀況吶？」

赫蘿這麼反問道。她在兜帽底下的面容，難得帶著一半的笑意。

她似乎快受不了自己的愚蠢演技了。

「比方說？這個嘛……」

羅倫斯稍微動腦思考說道。這時，赫蘿一臉焦急難耐地打他了一下，然後抓住他的衣服，拉向自己說：

「難道汝要咱說『汝說故事哄咱睡覺，好嗎？』不成？這話咱怎麼說得出口吶？」

羅倫斯這時倒是沒拿這麼一句「妳不是已經把整句話說出來了嗎？」反駁她。

本以為兩人在吵架，現在情勢又突然改變，一旁的寇爾看得臉頰微微泛紅，也緊張地屏息凝視兩人的互動。

羅倫斯不禁心想，演員這個職業好像也很不錯。

「說故事確實不用花錢，但每次我抱妳上床的時候，妳都已經醉倒了啊。」

赫蘿迅速從羅倫斯身上挪開身子，臉上浮現壞心眼的笑容。

羅倫斯很清楚她下一句會說什麼。

所以，他先做了心理準備，好讓自己能夠裝出被打敗的表情。

「沒辦法啊。汝說的話那麼無聊，如果不喝酒，咱怎麼忍受得了吶。」

對於自己能夠在這般與赫蘿常有的互動之中，如此厚臉皮地大展演技，羅倫斯不禁想為自己的成長鼓掌一番。

「好了，那咱們趕快繞一圈看看唄。」

或許是打鬧一番後得到了滿足，赫蘿不再勾住羅倫斯手臂，而是舔著嘴唇這麼說。

所謂的「繞一圈看看」，想必不是要看看市場模樣，而是要看看有什麼好吃的食物。

明明沒多久前才吃了一頓現宰的雞肉料理，赫蘿似乎又餓了。

「呃……那個，這裡的名產是什麼呢？」

儘管無法完全跟上兩人之間變化快得讓人頭暈目眩、虛虛實實的互動，寇爾還是這麼貼心地向赫蘿搭話。

「唔。汝這麼問，簡直就像在說咱只想著要吃東西一樣。」

「咦？沒、沒有，我沒有那個意思……」

赫蘿露出壞心眼的笑容捉弄著寇爾，寇爾被捉弄得連話都說不清楚，赫蘿卻根本沒在聽。這時如果掀起赫蘿的長袍，肯定會看見尾巴發出聲響，正高興地甩個不停。

赫蘿自顧自地走了出去，在越過取代大門的石頭後，還回過頭說：

「喏，快點啊！」

雖說這裡是鬧哄哄的市場，一片吵雜聲中如果夾雜了少女的清脆聲音，多少還是會引起人們的注意。

一名坐在石頭上寫字的商人瞥了赫蘿一眼，石板上的手瞬間抖動了一下。如果要說那商人臉頰凹陷的五官，讓他看起來就像個禁慾主義者，那是在說反話；因為羅倫斯一眼就能看出他是為了賺錢，才克制自己。所以，想要成為完全杜絕慾望的隱者，需要有很深的功力。

商人隨著赫蘿的視線看向羅倫斯時，眼神並沒有透露出善意。

即便如此，商人還是立刻板起了面孔，讓視線落在石板上繼續寫字。不過，羅倫斯知道商人的視線在石板上滑動；他費了好大工夫才忍住苦笑。

「發什麼呆！快點——」

也不知道赫蘿到底有沒有注意到商人的目光，她心急得連長袍底下的尾巴前端都不小心露了出來。她這樣大聲吆喝到一半時，突然閉上了嘴巴。

「？」

就算赫蘿的演技再怎麼完美，要是能在近距離之下持續觀察，也大概能夠看出是真是假。

羅倫斯看出赫蘿這次不是在演戲，於是像剛才那位年輕商人一樣，隨著赫蘿的視線看去。

於是，那個人的身影映入了眼簾。

也一起回頭看的寇爾用手摀住嘴巴，並偷偷瞧著羅倫斯的反應。

出現在赫蘿視線前方的，是一名剛剛走下船的熟悉商人。

「嗯?.喲……」

對方依舊是那一身老樣子，她在察覺到視線後，在看似仍帶著睡意的半開眼簾底下，投來極其自負的目光。那彷彿在說「無論世上有再多貨幣，我都會把它數個乾淨」似的眼神，回應了羅倫斯一行人的視線。

不過，伊弗會慢了半拍才露出驚訝的表情，應該不是在賣弄自己的演技。她肯定是真的吃了一驚。

原因就在伊弗身邊還跟了兩名裝扮氣派、體格健碩的男子，以及兩名裝扮雖然氣派，目光卻不太正派的男子。所以這次的相遇肯定是偶然。

原本坐在石頭上、似乎在思考怎麼做生意的年輕商人發現伊弗等人的存在後，慌張地站起身子，逃跑似的往市場裡頭快步奔去。

在裝了魚的籠子旁邊無所事事，可能是在等待仲介商的一名年邁漁夫，也一副彷彿在海上見到精靈似的模樣，恭敬地低頭致意。

伊弗身邊的男子們表現出「年輕商人與漁夫理當會有這種舉動，反而是羅倫斯的反應顯得異常」的態度，毫不客氣地盯著羅倫斯等人看，在他們身上打量。

然後，男子們立刻判斷出羅倫斯是個不值得注意的小人物，輕輕哼了一聲。

他們一副彷彿在說「這小毛頭怎麼了?」似的表情，重新面向伊弗。

「我還以為你們肯定去了南凱爾貝……決定先觀光啊？」
四名男子當中最年輕的一人，支付了伊弗等人的渡船費。
伊弗神情愉悅地這麼向羅倫斯搭話，連看男子一眼都沒有。
她雖然看向羅倫斯等人，但對於一直以充滿敵意的目光看著自己的赫蘿，卻只瞥了一眼。
伊弗身邊的男子們一邊看著羅倫斯三人，一邊互相低聲耳語。
「是的。我現在就像是暫時歇業的店家，畢竟傷口還有點疼痛。」
因為感受到赫蘿的視線強烈地集中在自己的後腦勺，羅倫斯只好帶點挖苦的意味這麼說。
羅倫斯相信伊弗一定會明白他的處境。
伊弗稍微眯起眼睛後，輕輕舉高右手，指示了男子們幾件事情。
這時，體格健碩的兩名男子露出沒有笑意的笑臉，另外兩名目光不太正派的男子，則是完全無視於羅倫斯等人的存在，四人就這麼與羅倫斯等人擦身而過，朝向市場走去。
男子們走向市場時，四周的人潮彷若聖經所記載的傳說般，不一而同地向左右兩側分開。
他們想必是鎮上的有力人士吧。
在男子們擦身而過後，赫蘿走到了羅倫斯身邊。
「我都說了想休養一下，他們卻把我拉出來狩獵。那些傢伙是北凱爾貝的有力人士。」
「是商人嗎？」

聽到羅倫斯的詢問後，伊弗搖搖頭說：

「他們不做商品買賣。不過，說到算錢，他們可是內行中的內行。」

看見伊弗眼裡流露出厭惡的目光，羅倫斯馬上就猜出男子們的身分。他們應該是鎮上擁有特權的一些人。

男子們可能是大地主，也可能握有漁業或關稅徵收等權利。雖不確定是前者或後者，但至少能夠確定男子們一定屬於「只要擺起架子坐在椅子上，就會有人把錢送上門來」的世界。

這般身分的男子們願意勉強在伊弗面前露出低姿態，是因為知道伊弗有利用價值嗎？還是因為他們雖然有權有勢，卻沒有貴族的身分？

雖然羅倫斯無法猜出那麼多事情，但男子們的身分勾起了他的好奇心。

「要是你很在意，就來黃金之泉瞧瞧吧。那麼，先告辭了。」

在瞥了赫蘿一眼後，伊弗隨即動身離去。

她的身影混入市場人潮之中，轉眼間消失不見了。

那感覺彷彿在說「想在人群之中顯得醒目或不醒目，都難不倒我」似的。

羅倫斯感到有些佩服地目送著伊弗的背影，直到被赫蘿踢了一腳後，才回過神來。

「竟敢在咱面前看其他雌性，汝膽子不小吶。」

雖然想起以前好像也聽過這句台詞，但羅倫斯沒有太認真回答，只是聳了聳肩說：

「那麼我以後都只看著妳，這樣總行了吧？」

羅倫斯一邊這麼反擊，一邊頑皮地貼近赫蘿的臉，結果被赫蘿毫不客氣地呼了一巴掌。

然後，赫蘿就這麼鼓著腮，獨自往市場走去。

「啊，赫蘿小姐！」

寇爾下意識地踏了一步，準備追上赫蘿時，停下了腳步。

他有些害羞地回過頭說：

「那、那個……」

「嗯？」

「您不去追她好嗎？」

寇爾口中的「她」當然是指赫蘿。

想必寇爾是覺得自己不應該搶著做羅倫斯該做的事情，才會停下腳步。

「我不去，因為赫蘿應該是希望你陪她去吧。」

「怎麼可能……」

「你覺得不可能嗎？」

說著，羅倫斯輕輕撥弄寇爾的頭髮。

羅倫斯挪開手後，寇爾也沒有要撫順一頭亂髮的意思。

光是動腦思考，寇爾似乎就已經忙不過來了。

「我承認你的頭腦很好，不過，要是你隨便想想就能明白她剛剛的舉動是怎麼回事，那我的面子怎麼還掛得住啊。」

羅倫斯笑著說道，然後輕輕撫順寇爾的頭髮。

「那傢伙是真的在生氣。不過，跟我吵架的樣子是裝出來的。」

羅倫斯拿起纏在腰上的皮袋，然後取出一枚崔尼銀幣。

他把崔尼銀幣壓在寇爾鼻頭上說：

「這些錢夠你們吃吃喝喝了吧，你只要記得別讓赫蘿喝太多酒就好了。」

「……」

寇爾似乎還是不明白羅倫斯為何不追赫蘿，他收下銀幣，並露出感到很不可思議的表情。

「我心裡在想什麼，赫蘿掌握得一清二楚。她看出我對伊弗說的話很感興趣，可是她很討厭伊弗，根本不想看到伊弗的臉。」

雖然寇爾露出願聞其詳的表情，但羅倫斯沒有多做說明，只是從背後推了寇爾一把。

還加了一句：「想知道答案，就去問赫蘿。」

雖然寇爾猶豫了好一會兒，但聰明的他最後照著羅倫斯的指示，跑了出去。

就算在人群之中走散，相信赫蘿也會找到寇爾。

「接下來……」

伊弗方才說只要去黃金之泉，就會知道是怎麼回事。

就算羅倫斯是外地人，也知道伊弗說這句話的意思。

港口城鎮凱爾貝從以前就有一個習慣，每當鎮上要討論重要議題時，都會在三角洲的黃金之泉旁邊進行。

如果在北凱爾貝召開會議，結果就難免偏向北凱爾貝的人；若是在南凱爾貝開會，結果就難免傾向南凱爾貝人。會有在三角洲開會的習慣，想必是為了避免事情偏頗於某一方。

只要是個商人，聽到鎮上的有力人士與家道中落、但即將成為大商人的貴族女子將在這兒齊聚一堂，肯定都會想前去一探究竟。

不管有再好玩的娛樂，也贏不過如此有趣的場面。

當然了，憑赫蘿的實力，她輕輕鬆鬆就能夠抓住羅倫斯的脖子，讓羅倫斯跟著她走；但賢狼很清楚自己這麼做，必須付出一些代價。

與其付出代價這麼做，不如自己先退一步，然後再從羅倫斯身上挖出利益。

羅倫斯接受了赫蘿提出的交易。

羅倫斯舉起手，胡亂抓了抓瀏海。這是一種自嘲的表現，他在嘲笑自己只有面對這方面的交易時，才能夠輕鬆識破赫蘿的心聲。

相信赫蘿一定也覺得受不了這樣的他。

「看熱鬧的費用要一枚崔尼銀幣啊……」

羅倫斯在胸前交叉起雙手，歪著頭這麼說。對於自己會有這樣的反應，羅倫斯不禁有些後悔；或許他太過大方，給赫蘿太多錢了。

不過，這樣赫蘿就不能抱怨了。

羅倫斯走了出去，撥開人群踏進久違的市場。

他覺得自己也順利融入了人潮之中。

如今還留在這兒的，只有如螞蟻大舉來襲般鼎沸不絕的雜沓人群。

走進市場後，感覺像來到了異世界。

雖不知真假，但聽說位於三角洲上的市場是在沙地深處打入無數木樁，作為市場的地基。

然後，為了避免蓋在木樁上的市場被河水沖走，據說市場裡有一大半都是石造建築物。雖然能夠埋解如果採用木造建築物，釘子很快就會因為生鏽而變得脆弱，但是把石造建築物建蓋在沙地上，難道不會下沉嗎？

當然了，到目前為止從沒聽過有這種事情發生，所以應該不用擔心吧。

另外，因為市場裡多是石造建築物，隨風吹來的沙子會積聚在建築物之間的縫隙，所以市場看起來很像遙遠南方的沙漠國家。

走進隨風傳來的語言也非常多樣化的市場後，羅倫斯很快地找到伊弗所說的黃金之泉。

黃金之泉四周是一座圓形廣場，而以此為中心，一共有四條道路延伸到東西南北四方。另外，黃金之泉中央豎著一根長木樁，代表其中心位置。

或許是有什麼驅鬼避邪的作用，泛黑的長木樁上綁了三條晒得乾巴巴的魚，而此刻正好有一隻海鳥停在長木樁上。

在黃金之泉的角落，擺設了三組桌椅。桌椅四周站著三名身穿皮製鎧甲的士兵，手持槍柄高出其身高一倍的長槍。

羅倫斯環顧四周一圈後，發現圍繞著黃金之泉而建蓋的旅館或客棧，二樓窗戶全都敞開著。從窗戶探出頭的淨是一身貴氣裝扮的商人，其中有些人身邊還有女子服侍。照這樣子看來，在這裡看熱鬧果然算是一種娛樂活動。

羅倫斯當然沒有富裕到能夠坐在旅館裡悠哉地看戲，他向藉機小撈一筆的攤販買了啤酒後，找了個不會距離桌椅太遠、能夠聽清楚交談內容的地方定下來。

雖然沒看見伊弗的身影，但椅子上已經坐著從裝扮就能看出身分的人們，各陣營的戰友們也互相耳語著。

那麼，這次是什麼樣的議題呢？其實沒必要特地這麼向人請教。

因為面對娛樂活動時，沒有人比商人更容易露口風。

雖然面對賺錢機會時，商人的口風很緊；但面對謠言時，總容易說溜了嘴。羅倫斯身旁的一群商人手拿著蒸餾烈酒大聲聊天，光是豎起耳朵偷聽他們說話，就足以掌握議題的內容。

這群商人可能是在船旅途中暫時停留凱爾貝，每個人都喝得醉醺醺的，羅倫斯好不容易才聽清楚他們的談話內容。簡單扼要地說，這次的議題就是要不要擴建三角洲上的市場。

羅倫斯以前來凱爾貝時，也曾聽過這樣的話題；或許這是凱爾貝經常議論的話題吧。

不過，單純來說，只要擴建三角洲上的市場，就會有更多商人和商品進出，城鎮稅收也會隨之增加，所以大家的意見應該會一致，沒什麼好特別討論的才對。

當然了，就是因為事情沒那麼簡單，這個議題才會被頻頻拿出來討論。像這種狀況，大都是因為權力者之間利害關係對立的緣故。

羅倫斯一邊喝了口啤酒，一邊抱著有些壞心眼的心態眺望坐在桌前的人們，等待這利慾薰心的好戲開演。

這時，忽然有樣東西吸引了羅倫斯的目光。原來是停在木樁上的海鳥在那瞬間飛了起來。

可能是在海鳥飛起的前一刻，也可能是在那下一刻，高亢刺耳的鐘聲響遍整個市場。這時，四周的喧鬧聲宛如浪潮退去般消散，變得一片安靜。

羅倫斯看向擺設在黃金之泉旁邊的桌椅，發現會議出席者們紛紛站起身子，互相伸出右手握手，宣告會議即將開始。

「奉偉大的河川精靈羅姆之名，會議開始！」

出席者們就座後，三名士兵朝著天空舉高三次長槍。

這樣的始會儀式，宛如古老帝國時代召開賢者會議一般正式，但為了讓會議具有權威性，或許有必要進行這麼點儀式。

這也讓人認為，過去在這裡想必發生過數次讓會議權威受損的事情。

一個決定城鎮政策的會議如果不具權威，城鎮轉眼間就會陷入紛爭之中。因為這樣的狀態就像是少了指揮官的傭兵集團一樣。

治理國家時當然也是一樣的道理，所以國王才會說，自己是由神明授予王權的人。

羅倫斯喝了口啤酒，然後在嘴角浮現諷刺的微笑，忍不住喃喃說出內心的感想：「不管做哪一行都不容易呢。」

「你果然也這麼覺得啊？」

不過是在自言自語，卻突然聽到有人這麼做出回應，羅倫斯口中的啤酒差點噴了出來。

羅倫斯慌張地看向聲音傳來的方向，結果看見沒出現在會議區裡的伊弗。

「看你這麼慌張，是不是隱瞞了什麼事情？」

伊弗從纏在頭上的頭巾底下，投來帶著淡淡笑意的目光。

「……商人都會把秘密連同金幣收進荷包裡啊。」

「如果能夠也帶進墳墓那更好。」

「是啊，一點兒也沒錯。」

看見羅倫斯動作誇張地聳了聳肩，伊弗便像個城市女孩一樣毫無顧慮地笑了出來。

「那麼，妳來找我這種市井旅行商人，是有何貴事呢？」

「你還好意思這麼說，我可是一輩子都忘不了曾經被你掐住脖子耶。」

聽到伊弗這麼說，羅倫斯實在很難出聲反駁。

不過，一個再偉大的將軍，孩提時肯定也曾經因為與某人吵架而哭泣。

「我還以為妳一定是坐在那邊的位子上。」

「你說參加那種儀式？要是參加那種東西能夠有所收穫，我早就也跟著大家拜什麼神明了。」

伊弗這麼說完，把視線移向黃金之泉。

雖然羅倫斯毫不客氣地凝視著伊弗的側臉，但還是看不出她的真心想法。

伊弗今天如此多話，是因為心情好，還是心情不好呢？

羅倫斯在心中嘀咕：「如果伊弗跟赫蘿一樣都是狼，那八成是因為心情不好吧。」

黃金之泉旁傳來一聲響亮的咳嗽聲，緊接著進行了顯得形式化的議題宣言。

「會議開始了喔。」
如同在羅倫斯身旁喝著蒸餾酒的商人所言，宣言內容確實是針對三角洲上的市場擴建問題。議題是由與伊弗同船、打扮氣派的男子負責宣言，他看來似乎很習慣在眾人面前演講。
「我不會說這種會議就像一場鬧劇，但你不覺得會議的結論，總是在會議場地以外的地方定案嗎？」
或許受到近似忌妒的情感干擾，聽到伊弗的話語後，羅倫斯不禁頓了一下才回答：
「……意思是說，妳受託進行檯面底下的交易？」
伊弗或許感受到了羅倫斯的情緒。
她聳了聳肩，嘆口氣說：
「說穿了是這樣沒錯。」
「我很好奇，接下如此重責大任的伊弗小姐，怎麼會跑來我身邊打混？」
說了這句話，羅倫斯才覺得自己的忌妒似乎表現得太過露骨，但又覺得伊弗應該會原諒他的小小彆扭，於是改變了想法。
畢竟對於無根無蒂的旅行商人來說，得到某城鎮有力人士的信賴，是一件無比光榮的事。
不過，聽到羅倫斯的話語，伊弗突然一臉愕然。這讓羅倫斯感到有些驚訝。
羅倫斯心想，自己應該沒說出讓伊弗如此訝異的話，隨即看見她再次把視線移向會議區。

會議區裡，看似北凱爾貝與南凱爾貝的代表者們正在交談，那樣的交際應酬看起來沒有想像中那樣帶著霸氣，甚至給人一種愚蠢的感覺。

伊弗從會議區拉回視線，下一秒鐘羅倫斯也跟著拉回視線。

然後，伊弗露出與看見寇爾那時一樣的笑臉。

但是，羅倫斯立刻改變了這樣的想法。

伊弗此刻的笑臉，是兩人在以皮草與木材著名的雷諾斯搏命互鬥時，臉上露出的笑臉。

「如果我說很高興看到你坦率地鬧彆扭，你會笑我嗎？」

羅倫斯明白了伊弗前一刻看向會議區的理由。

或許屬於狼那一類的傢伙，都沒辦法表現得很坦率。

「會啊，我可是會捧腹大笑呢。」

商人與商人總是致力於隱藏真心，然後互相欺騙，想盡辦法為自己找出更多利益。

如果照著這種近似本能的商人準則，羅倫斯應該要設法討伊弗的歡心，好讓自己也能夠在檯面底下的交易參一腳。要不要鬧彆扭根本是次要問題，把這樣的情緒表現出來更是要不得。

即便如此，商人的朋友還是只有商人。如果這是事實，聚集在賺了大錢的商人身邊的人們，一定都會隱藏真心，一心只想討好這個賺錢商人。

然而，就算是傳說中的偉大勇士，也會有想要休息的時候。

所以羅倫斯沒有討好伊弗，還表現出忌妒心的舉動，反而讓伊弗這隻狼感到高興。

伊弗一臉自嘲地低下了頭。當她抬起頭時，眼裡散發出彷彿用雪水清洗過似的清澈光芒。

「我來找你說話果然是對的。老實說，那邊那些傢伙來找我，讓我鬱悶得不得了。」

伊弗露出一副感到厭煩的模樣指向會議區。

「因為沒賺頭？」

聽到羅倫斯這麼說，伊弗臉上儘管纏了好幾層布，還是看得出來嘴唇明顯變得扭曲。

然後，她伸出手搶走羅倫斯手中的啤酒。

「我在雷諾斯和羅姆河上大鬧一番後，只要進到這個城鎮，就能夠稍微鬆口氣的原因之一，就是因為有那些傢伙。」

那些人可能是政治庇護者，或是財力雄厚，足以讓地方領主無法行使逮捕權的出資者。

不管他們是哪種人，想必都不是與伊弗擁有對等立場的人。

在獨來獨往的旅行商人當中，也有像伊弗這類的存在。

雖說已家道中落，但伊弗擁有貴族頭銜，並且從谷底一路爬上來，這樣的她肯定擁有很多旁觀者無從猜測起、斬也斬不斷的人際關係。

雖然在市場入口處遇到時，那些人表現出尊敬伊弗的態度，但伊弗的表現讓羅倫斯改變了想法，或許事情並沒有他想的那麼單純。

「雖然我的存在就像那些傢伙的護衛，但他們下的命令是我根本辦不到的事情。你知道這個市場的由來嗎？」

聽到伊弗丟來的問題，羅倫斯沒有刻意逞強，而是老實地搖了搖頭。

「幾十年前之所以會蓋這個市場，是因為南方的商人們想要有一個與北方聯繫的貿易據點。這些商人當然也向地主表達了想要買下三角洲，並且在三角洲上建蓋市場的意願。可是，智慧稍顯不足的地主們認為賣掉土地會造成大虧損，於是堅持要自己建蓋市場，甚至不惜背負莫大的債務。」

「地主是北凱爾貝人，而借錢給地主的是南凱爾貝人。」

伊弗稍微挪開纏在臉上的頭巾，喝了兩口啤酒後，把酒杯還給羅倫斯說：

「沒錯，那邊那些人就是借款者和貸款者的兒子們。跟人借了錢的地主沒有失去土地，而且每年還能夠收取龐大金額的土地租金，但相對地必須支付跟租金同樣金額的借款利息。對於這樣的事實感到焦躁的地主們，當然拚命地想要找出解決之道。」

「可是，地主們找不到解決的方法。」

伊弗點了點頭，露出彷彿連人命都會以銀幣枚數來衡量似的冷漠目光。

「那麼，這些第二代接著會想找什麼呢？答案很簡單——那就是讓他們出氣的對象。」

「然後把不可能的任務硬塞給這個對象，是嗎？」

伊弗臉上的表情此刻已如湖面般平靜，沒有一絲變化。

她確實有可能成為大商人，但現在終究還只是個稍稍有錢的商人罷了。

伊弗不是利用他人的一方，而是被利用的一方。

她接到的命令是，解決北凱爾貝與南凱爾貝之間的市場問題——也就是把這個任誰都知道不可能改變的情勢，徹底地扭轉過來。

而且，這些第二代並非真心期待伊弗能夠解決問題，他們的目的是找一個可憐的代罪羔羊，好讓他們有譴責無法解決問題的對象、讓他們排解焦躁的情緒。

身為輸給伊弗的人，羅倫斯忍不住期望這位強過自己的人至少也是個能稱霸世界的狠角色。

「不過，遭遇不幸可不是我的專利。你去過雷諾茲那裡了吧？」

伊弗若無其事地這麼說。伊弗與羅倫斯之所以有著不同的韌性，想必是因為彼此一路游過來的海洋不同吧。

「是啊……那裡出乎意料地破爛。」

「咯咯，你說話也不用這麼直接吧。不過，就連一手包辦銅製品出口的商行，也會被掌權者搾取利益。凱爾貝就是這樣一個地方。」

沒有一個地方比光有權力，卻沒有錢的地方更悲慘。

有錢人不會吵架才是世間真理。

「總之，我該去跟人家討論事情了，要是繼續待下去，我怕會給你添麻煩。」

伊弗補上一句：「感謝你的啤酒。」接著便邁步離去。

看著伊弗的背影，羅倫斯忍不住叫住她說：

「狼骨的事情……我順利問出來了。」

伊弗聽了回過頭來。她臉上的表情沒有任何變化，然後再次踏出腳步。

不過，羅倫斯覺得，伊弗在頭巾底下露出了淡淡的笑容，他相信自己的感覺是正確的。

伊弗剛剛表現得有些刻意。

一副很希望人家叫住她的感覺。

羅倫斯沒有像其他商人那樣觀望會議進行，而是一直凝視著伊弗的背影。

不久後，伊弗朝向聚集在遠離人牆處、一臉裝腔作勢、看似難以應付的商人們搭話。

從服裝看來，那些人應該是南方商人。

如同伊弗是北凱爾貝地主的護衛一樣，那些人肯定是南凱爾貝金主的護衛。

只要詢問那些人的名字和所屬單位，羅倫斯肯定會對他們抱有多於伊弗的親近感，但他心中默默支持的對象是伊弗。

在以皮草與木材著名的雷諾斯時，羅倫斯親眼見識到伊弗行事的周密性，以及甚至願意拿性命當賭注的強韌意志；在羅姆河上，伊弗為了達到目的而不擇手段的無情作風，更是讓他佩服得想脫帽致敬。

沒想到換了個地方後，伊弗卻變成被人利用的一方。

當然了，伊弗雖然被他人利用，但相對地一定也一路利用他人至今。

不過，羅倫斯能夠明白，伊弗為什麼會輕易地離開已牢牢咬住教會權力的雷諾斯，或是結識有力人士的凱爾貝，打算一個人帶著皮草南下。

因為她不是佩帶長劍，憑著一身功夫開創世界的英雄；而是個有時必須吞下污泥、不折不扣的平凡商人。

偉大的商人曾經說過：「商人絕對無法變成世界的主角。」

伊弗離開一會兒後，羅倫斯暗自慶幸赫蘿不在身旁。

還有，他探頭看向啤酒杯後，也慶幸自己點的是啤酒而非葡萄酒。

他知道自己一定露出了很窩囊的表情。

教會可能為了傳教，而殘酷地褻瀆狼神之骨。對此，赫蘿很直接地表現出她的憤怒，但其實這樣的事情並不少見。

他雖非珍商行的雷諾茲，但也希望自己帶進墳墓的全都是美麗的回憶。

羅倫斯暗自嘀咕一陣後，把視線移向依舊刻意地反覆進行討論的會議，並和著啤酒喝下充滿苦澀味的嘆息。

人們在形容三角洲上的市場時，都會說那裡就像廣大世界的縮圖，聚集了來自世界各地的商品，是一個會有數十種國家語言隨風傳來、充滿魅力的地方。

然而，眼見是實，耳聞是虛。實際走進三角洲上的市場時那種感覺，或許就像親眼看見珍商行時一樣。

這裡沒有像每年舉辦好幾次的大市集那般，多得彷彿就快排到天邊的商品；也沒有表演才藝，試圖向前來做生意的商人，或旅途中順道來到市場的旅人討錢的賣藝人。

雖然這裡有不輸人的擁擠人潮，但仔細一看，會發現很多店鋪其實並沒有陳列商品。店內只放了木牌，上頭標示的是一點都不生活化的巨額商品數量和價格。如果想要確認商品，也必須向店老闆打聲招呼，才有機會看到樣品。

因為這裡的市場過於狹窄，就算想要好好享用異國美食，在路邊也找不到能夠輕鬆喝酒、狂歡一場的地方。這裡頂多只有賣啤酒和葡萄酒的小攤販。

生意場所需要的是充沛的活力，而不是騷動與暴力。

因此這裡的酒吧受到數量管制，酒吧附近也經常會看見腰上掛著長劍的士兵在旁待命。

這麼一來，羅倫斯能去的地方當然有限。聰明人只要在沒多寬敞的市場繞上一圈，就會察覺這樣的事實。

所以與其說羅倫斯找到了對方，不如說對方找到了他會比較正確。

羅倫斯抱著「反正赫蘿他們一定也自己樂在其中」的想法，欣賞完雖然演得很假，但內容本身讓他極感興趣的權力鬥爭劇，便來到他找到的第一家酒吧，尋找赫蘿兩人的蹤影。

就在羅倫斯伸手開門的瞬間，頭頂上方傳來了說話聲：

「汝啊……」

羅倫斯沒有當場做出回應，只是一臉疲憊地走進酒吧。

爬上酒吧二樓，羅倫斯循著剛才的開朗聲音，走進赫蘿所占據的小房間後，所說出的第一句話，其實也不完全是在挖苦對方。

「妳真是好命啊。」

「是嗎？咱只花了汝給的銀幣而已吶。」

窗戶旁擺設著桌椅，赫蘿就坐在窗框上喝著酒。

不知道是喝醉了，還是有自信不會穿幫，總之赫蘿大膽地露出了尾巴和耳朵，根本不管自己的身影被馬路上的人看得一清二楚。

「妳知不知道毫不遲疑地把一枚崔尼銀幣花在喝酒上，是一件多麼嚴重的事情……我可能要盡快找個時間，好好教育妳一下。」

羅倫斯撿起掉在地上的小桶子，聞了聞空桶子裡的味道後，忍不住嘆了口氣。

酒量大、食量也大就算了，還專挑高級品，真是可惡。

「寇爾呢？」

桌上擺著似乎是盛了肉類料理的空盤子。照這樣子看來，寇爾想必是被叫去買東西了。

「跟汝心裡想的一樣。」

喝了酒似乎讓赫蘿的身體發熱，她一臉舒爽地迎著窗外吹來的冷風。

「真是的……別過度使喚人家啊。」

羅倫斯從桌上拿起還沒喝光的酒桶，坐在小房間的床鋪上。

雖然床鋪做得簡陋粗糙，但對於體驗過被當作牲畜般對待的船旅生活，並終於從中解脫的人們來說，這個床鋪足以媲美王宮裡的華蓋大床。

對於一直被關在擁擠船艙裡，好不容易回到陸地上的人們來說，如果能夠拿著酒，躲在這樣的小房間裡悠哉地睡午覺，度過和平的時光，哪還需要聆聽教會的教誨呢？

當然了，赫蘿應該是在不知情的情況下租了這房間，只是羅倫斯一旦意識到小房間的用途後，內心實在難以平靜下來。

「汝掌握到什麼新消息了嗎？」

赫蘿面向窗外，把頭靠在木窗框上，閉著眼睛讓冷風拂過臉頰。

那模樣像是豎耳聆聽窗外的魯特琴聲，也像是在思考什麼。

羅倫斯仔細一看，發現赫蘿的耳朵隨著節奏微微動著，所以應該是前者吧。

「我的樣子看起來像掌握到新消息嗎？」

羅倫斯喝了一口正適合在悠哉午睡時喝的甜葡萄酒，並這麼反問。

「很像，汝好像很愉快的樣子。」

赫蘿明明閉著眼睛，還看得出來羅倫斯的情緒。她的表現就像一副好像正因為閉著眼睛，所以能夠識破一切的感覺。

羅倫斯摸了摸自己的臉後，露出苦笑說：

「很愉快的樣子？」

儘管羅倫斯有自信早已收起與伊弗交談後的表情，赫蘿卻懶洋洋地睜開眼睛，眼神裡流露出壞心眼的笑意。

「想在咱面前扯謊？再等上一百年唄。」

羅倫斯心想：「赫蘿該不會從這裡就聽得到在黃金之泉的交談內容吧？」但立刻察覺到不是這麼回事。

赫蘿是在套話。

在看似愉快地甩動著尾巴的赫蘿面前，羅倫斯用手按住額頭，然後嘆了口氣。

「哎，雖然咱確實看出汝很愉快的樣子，但汝這樣就被套出話來，可能還要多多磨練吶。」

「……我會銘記在心。」

「汝的膽子那麼小，就是銘記在心，也不知道膽子能不能變大一些。」

赫蘿一副搔癢難耐的模樣縮起脖子說著，並愉快地笑了笑。

「……真是的。不過，妳說『很愉快的樣子』是錯的。說實在的，我聽到的是會讓人不想喝甜酒，而想喝烈酒的話題。」

「嗯？」

赫蘿改變盤著腿的姿勢，站起身子。

看赫蘿站得有些不穩，可能已經差不多醉了。

「嘿……咻，感覺有點冷吶。」

說著，赫蘿在羅倫斯身旁坐下，並且緊緊貼著他。

很多人在這個從嚴酷船旅中解脫的片刻，利用這種小房間享受短暫的約會樂趣。看見赫蘿做出這樣的舉動，羅倫斯當然也忍不住胡思亂想了起來。

然而，對象畢竟是赫蘿。

赫蘿雙腳放上床鋪後，以背對羅倫斯的姿勢靠在羅倫斯身上，抱住了自己的尾巴。

羅倫斯不禁感到有些掃興。

不過，他知道赫蘿可能是故意要讓他覺得掃興。

「那麼，汝聽到了什麼話題？」

雖然羅倫斯還在胡思亂想，赫蘿卻表現得像平常一樣。

現在如果越去在意，只會讓自己顯得越蠢而已。

想到這點的羅倫斯輕輕嘆了口氣，開口答道：

「我聽到這個城鎮的黑暗面。」

「嗯。」

「簡單扼要地說，單純是金錢上的借貸而已。不過，金額大了點就是。」

赫蘿一副像早上剛起床時在喝水似地，咕嚕咕嚕地大口灌著葡萄酒。

雖然那葡萄酒應該不會太烈，但還是阻止一下比較好。

羅倫斯伸出手，正打算拿走赫蘿手中的酒桶時——

「汝知道咱現在連同酒喝下了多少話語嗎？」

因為羅倫斯已經向赫蘿伸出了手，所以赫蘿此刻正好在他手臂底下。

帶著尖牙的狼此刻就在他懷裡。

「對於跟汝無關的金錢話題，汝應該會興奮地搖著尾巴才對。可是汝現在卻沒有這樣的反應，怎麼會這樣吶？」

赫蘿又大口大口地喝起酒，然後打了個嗝。

接著，她抓住羅倫斯伸到一半停在半空中的手，把酒桶塞給羅倫斯說：

「那汝跟那隻母狐狸聊了什麼？」

想要對赫蘿有所隱瞞，似乎是不可能的事情。

羅倫斯抓起赫蘿塞給他的酒桶，往嘴邊送。

下一秒鐘，羅倫斯察覺自己被擺了一道。

赫蘿在他手臂底下偷笑著。

酒桶裡裝的不是酒，而是——想必是給寇爾喝的——加了蜂蜜的山羊奶。

赫蘿都已經設下如此縝密的陷阱了，就算全盤托出也不會惹她生氣吧。

於是羅倫斯緩緩開口說：

「……把我們拖下水，還徹底利用了我們的那個伊弗，在這裡卻被人家當成丫頭使喚。」

「嗯。」

「別說是被利用了，這裡的權力者們還為了出氣，命令伊弗做一些事情。一個不管在雷諾斯還是羅姆河上都讓我不得不佩服的商人，來到不同的地方竟然變成了人家的出氣筒。怎麼說呢，這讓我覺得……」

羅倫斯原本擔心著如果繼續說下去，赫蘿可能會大發脾氣，但後來改變了想法。他心想，說了這麼多後，如果還隱瞞真心，赫蘿肯定會更生氣。

羅倫斯簡短地說：

「有點沮喪。」

赫蘿什麼也沒說，也沒回頭看。

為了打破討人厭的沉默，羅倫斯繼續尋找話語：

「連伊弗那樣的商人都會遭遇這種事情。反過來說，我這個輸給她的人，又能有多大成就？這時候我當然會希望贏過自己的人……至少要是個稱霸世界的人，妳不覺得嗎？」

羅倫斯當然知道人外有人、天外有天的道理，也早已過了覺得只有自己最特別的年紀。他已經有好幾年不曾像這樣說一些不爭氣的話。

不過，羅倫斯這幾年不再表現懦弱。這並非因為年紀增長，或變得強悍。而是因為他已經看清，就算獨自苦惱得消沉不已，孤單的行商之旅上，也不會有人在身邊鼓勵自己。

但是現在不一樣了。

羅倫斯有些自嘲地笑了笑。

現在哪怕是會讓對方覺得受不了，或是被藐視，總能夠得到一些反應。

光是擁有這些反應，就足以讓人勇於重新面對過去視而不見的事實，並且繼續向前邁進。

「汝啊……」

「嗯？」

赫蘿沉默一陣後，抬起頭說：

「聽了汝說的話後，咱吞了兩次悶氣。」

「這樣啊……」

「可是，現在看見汝的表情，又吞了一次悶氣。」

「妳每次都吃五人分的食物，所以應該還吞得下兩次悶氣吧。」

聽到羅倫斯的玩笑話，赫蘿用手肘頂了一下他的側腰，挺起了身子。

「第一，汝說的話，害得連身為夥伴的咱都變懦弱了。」

因為赫蘿說的確實沒錯，所以羅倫斯保持沉默。

「第二，為了那種蠢事就消沉，汝還是三歲小孩啊？」

「您說的是。」

「還有，最後一點……」

赫蘿以跪立在床上、兩手叉腰的姿勢俯視著羅倫斯。

雖然赫蘿露出看似不悅的表情，但不知道為什麼，羅倫斯就是覺得那模樣有些傻呼呼的。

不過，羅倫斯很快就知道這不是自己多心。

「……明明就是個膽小得會捲起尾巴的雄性，是個根本無法獨當一面的大笨驢，竟然露出那什麼表情……」

「……表情？」

聽到羅倫斯這麼反問，赫蘿遲疑了一會兒後，輕輕點了點頭。

「明明說了那麼不爭氣的話，還……」

然後，赫蘿別過臉去。

「還露出隨時能夠獨自離開似的表情。」

不能笑。

羅倫斯這麼告訴自己，但為時已晚。因為酒精以外的某種因素而臉頰微微泛紅的赫蘿，已經高高挺起耳朵，露出了尖牙。

不過，羅倫斯保持鎮靜地這麼詢問：

「要是我露出不能獨自離開的表情，不是會被妳痛罵一頓嗎？」

赫蘿好像很不滿意的樣子。

即便如此，看似不大滿意地呻吟了一會兒後，赫蘿還是點了點頭，同時順勢「咚」的一聲坐了下來。

她大幅度地左右甩著尾巴，一臉不悅地嘆了口氣說：

「那當然。咱會痛罵汝一頓後，再好好捉弄一番，但最後咱還是會沉浸在喜悅之中，看著汝乖乖跟在後頭。」

「這……我有點不敢領教。」

「大笨驢。」

赫蘿說道。

羅倫斯趁機拉了一下赫蘿的手，這時赫蘿的身軀隨即如棉絮般，輕柔地倒在他身上。

羅倫斯當然知道赫蘿生氣的原因。

他看見懷裡的赫蘿依舊板著臉孔。

「我應該說是我不對嗎？」

「不對的人永遠是汝。」

「……」

赫蘿是羅倫斯的旅伴，而羅倫斯是赫蘿的旅伴。

兩人的理想關係是互相扶持，而非某一方扶持另一方。

就算每次都是羅倫斯惹得對方生氣，赫蘿也不是每次都要擔起生氣的責任。

既然如此，或許說法有些奇怪，但羅倫斯這時候應該鼓起勇氣，表現出窩囊的樣子。

也就是表現出「沒有妳的扶持，我活不下去」的樣子。

哪怕會被赫蘿痛罵，也應該這麼做。

「不過，妳不覺得很奇怪嗎？」

「嗯？」

懷裡的赫蘿沒有抬起頭地反問道。

「為什麼變成是我在安慰妳的樣子啊？」

赫蘿微微動著耳朵，羅倫斯不禁感到臉頰一癢。

她抬起頭，一副打從心底感到開心的模樣，露出壞心眼的笑容這麼說：

「因為這是咱的特權吶。」

「真是的……不過，反正我就是喜歡這樣的類型。」

「呵。」

赫蘿輕笑一聲，然後緊貼在羅倫斯身上。

不過，就算羅倫斯再好騙，也能夠預料到赫蘿的意圖。

「喂，妳又打算利用寇爾來捉弄……」

羅倫斯的聲音就這麼消失了。

「人類很堅強，強者不會回頭看。咱很長一段時間無法回頭看，但是咱不想再那樣了。」

赫蘿沒有一邊哭泣，也沒有說不出話來，而是清楚地這麼說。

不愧是堂堂約伊茲賢狼，連表現懦弱的方法都如此有志氣。

哪怕赫蘿說這樣的話不合場面，羅倫斯還是這麼認為。

所以，他帶著敬意撫摸赫蘿小小的頭說：

「妳不是知道我是個膽小鬼嗎？我總是必須戰戰兢兢地回頭審視過去。所以，這沒什麼好擔心的吧。」

聽到羅倫斯的話，赫蘿像是要擦拭眼淚似地，一邊把臉貼在羅倫斯胸前，一邊搖搖頭說：

「這樣咱也不喜歡。」

羅倫斯不得不佩服赫蘿臨到此時，還不忘表現出任性的態度。

他露出苦笑，輕輕搔著赫蘿的耳根。

「做出什麼決定之前，都要先跟妳商量。妳是這個意思吧？」

「咱也不喜歡看到明明是給咱的供品，卻沒問過咱的意見，就隨便改來換去。」

雖然知道赫蘿是故意舉出大家都熟悉的例子，但羅倫斯忍不住會想：那自己對赫蘿的心意不也變成了供品？

「我的心意也是供品啊？」

「祈禱前一定要準備供品啊。」

赫蘿微微動著耳朵，羅倫斯則笑了出來。

羅倫斯這麼說：

「要祈禱什麼？」

赫蘿稍微挺起身子，然後簡短地回答：

「祈禱寇爾不要回來。」

「……真是的。」

雖然很不甘心，但羅倫斯必須承認自己贏不過赫蘿。

赫蘿笑了笑後，閉上了眼睛。

不過，赫蘿會說出如此淺顯易懂的真心話，就表示那是很重要的事情。

的確，商人做生意的時候，也最厭惡他人在自己背後擅自決定事情。

赫蘿以豐收之神的身分在村落生活的那段漫長歲月，也一直有這樣的感受。

史慘的是，在獵月熊與赫蘿故鄉的傳說之中，赫蘿也是置身局外。

明明是與自己有關的事情，卻在自己背後有了結論；這樣的事實讓赫蘿感到寂寞。

她已經受夠了那樣的感覺。

照理說，羅倫斯應該自己發覺赫蘿這樣的心境，但等到他發覺不知是什麼時候了。

相信就是詢問赫蘿，她也會這麼回答。

「不過，要想辦法趁機陷害汝，也是挺累人的。偶爾這樣也不錯唄？」

眼前的赫蘿臉上浮現壞心眼的微笑，狼耳朵也同時像是發現了獵物般轉向走廊的方向。

赫蘿的舉動代表著什麼意思，顯而易見，但賢狼這個獵人似乎不會無趣地再使用已經設過的陷阱。

「妳可別以為我每次都會上當喔。」

赫蘿只露出尖牙，沒出聲地笑著，然後迅速地離開羅倫斯身邊，在窗框上坐了下來。

儘管羅倫斯嘴裡滿是蜂蜜的甜味，面對赫蘿這麼毫不留戀地離開，還是忍不住露出苦笑。

不過，敲門聲在那之後像算準了時間般傳來，羅倫斯不禁覺得自己或許真的很容易上當。

「讓您久等了。」

門打開後，站在門外的當然是寇爾。

「一點也沒錯，等得都快要睡著了。酒呢？酒在哪兒？」

「呃……在這裡……啊，我也幫羅倫斯先生買了酒。」

「什麼？根本用不著替那種人買酒。真浪費錢！」

看著赫蘿與寇爾的互動，羅倫斯忍不住笑了出來。

不過，羅倫斯笑了出來的最大原因，是看見赫蘿如此乾脆地改變態度和表情，讓他覺得像自己這種角色，肯定沒兩三下就會掉進赫蘿的陷阱。

真是太恐怖了。

因為害怕，所以羅倫斯選了鹽味十足的肉乾，用力咬了一口。

「既然如此，汝聽來的消息能夠加以利用嗎？」

寇爾跑腿回來後，赫蘿沒說半句慰勞的話語，於是羅倫斯代赫蘿感激了他一番。

不過，寇爾的表現也有讓羅倫斯覺得值得誇獎的地方。

寇爾巧妙地把破爛的外套綁成袋狀，然後掛在肩上。赫蘿肯定是壞心眼地指使他去買大量的酒和食物回來，但他輕易地完成了任務。

或許赫蘿也是因為不甘心，才會不肯說慰勞的話語。

不管怎麼說，寇爾要是當了商人的徒弟，絕對是個好到甚至想把他拿去拍賣的優秀人才。

「汝有沒有在聽咱說話啊？」

當羅倫斯望著寇爾以熟練動作在桌上擺放食物和酒時，赫蘿以挖苦的語調這麼說。

「有啊。」

「怎麼樣吶？」

「應該值得調查吧。為了建這裡的市場，北凱爾貝的有力人士似乎向人借了錢，現在一心一意地想要還債。然後，我們以為珍商行肯定是個規模龐大、心狠手辣的大商行，卻發現是個騾子在屋簷下打呵欠、母雞悠哉地到處下蛋的破爛店家。」

赫蘿口中不停嚼著烤螺肉。

寇爾代替她開口說：

「因為珍商行的利益被人奪走了嗎？」

「沒錯。珍商行一手包辦羅姆河流域的銅製品交易，獲得的利益卻被北邊的掌權者奪走。這麼一來……」

赫蘿喝了口葡萄酒，把螺肉送進肚子裡，然後打了個嗝說：

「汝的意思是說，那家商行就是忿而參與能夠大撈一筆的勾當，也不足為奇是嗎？」

「嗯，是啊。而且……」

雖然不知道是什麼魚，但羅倫斯夾起一塊沒去掉銀色魚鱗就直接油炸的魚肉，往嘴邊送。

或許是使用的油質也不錯，魚肉吃起來柔軟又鮮美。

從前羅倫斯曾經給了赫蘿一枚崔尼銀幣，結果赫蘿把錢全拿去買了蘋果。

想必現在的她還是不記得什麼叫作「客氣」。

「雷諾茲有些表現也怪怪的。」

「嗯，應該有所隱瞞唄。」

只有寇爾一人露出「咦？」的表情，看向羅倫斯與赫蘿兩人。

「雷諾茲隱瞞的內容並不難猜測。我們前去詢問狼骨的事情，他卻對我們有所隱瞞，那會是怎麼回事呢？」

「就是只藏住耳朵，卻沒把尾巴藏起來。」

赫蘿一邊甩動耳朵和尾巴，一邊這麼說。

不過，對方是商人。

「世上有句話說，高手深藏不露。說不定他藏起來的不是耳朵，而是尖角。」

「而且，分手之際，那人還熱情地要求跟汝握手，是唄？」

不愧是赫蘿，觀察入微。

羅倫斯點了點頭後，取下夾在齒縫中的魚鱗說：

「雷諾茲會那麼想說『請代我問候伊弗．波倫』這句話，不是看在伊弗的資金、看在她的生意頭腦，就是看在人脈。」

「那隻母狐狸才剛剛砸下所有資金，買下了皮草。雖不知道母狐狸的荷包飽不飽滿，但她應該還有很多借得到錢的地方，不是嗎？」

赫蘿一邊說道，一邊投來捉弄人的笑容。

她是在笑羅倫斯從前險些破產時，曾經四處向人籌錢。

「……這麼一來，就是看在伊弗的生意頭腦或人脈。管他是生意頭腦還是人脈，妳不覺得演員和劇本都湊齊了嗎？」

赫蘿只是露出淡淡笑容，悠哉地看向窗外。

羅倫斯也是一副悠哉模樣，小口小口地吃著桌上的食物。就只有寇爾一人兩手抱著小桶子，分別看著兩人的舉動。

兩人當然不是刻意要捉弄寇爾。

寇爾是個聰明的少年。

就算寇爾幾乎不會有懷疑他人的念頭，只要告訴他某件事情也可以這麼解讀，他就會憑著自己的頭腦好好去思考整件事情。

也就是說，憑著赫蘿與羅倫斯各自做出的解讀，寇爾已經在腦海裡分別拼湊出畫面。

羅倫斯想要藉由告訴寇爾這些片斷，看看寇爾會拼湊出什麼樣的畫面。

「那、那個！」

寇爾舉起手，起立說道。

不管是多麼嚴厲偏執的學者，看到寇爾如此認真的模樣怎能不疼愛他？

看見寇爾的模樣，甚至會讓人覺得寇爾之所以被騙，說不定是因為遭到前輩的忌妒。

「雷諾茲先生現在是不是還在尋找狼骨？」

赫蘿沒有回答。

不過，寇爾肯定是聽過壞心眼博士的講課，一點兒也沒有顯得畏怯。

「假設雷諾茲先生所隱瞞的就是現在還在尋找狼骨的事實，照理說他應該會隨隨便便打發我們，不告訴我們狼骨的事情才對。儘管如此，他還是熱情款待了我們，那是因為我們帶了伊弗小姐的親筆信嗎？這麼一來，分手之際他會要求與羅倫斯先生握手的原因是……」

寇爾思考著原因。

對於伊弗是個生意頭腦好到什麼程度的人，寇爾沒有半點了解。

這麼一來，寇爾會憑著伊弗給他的印象，做出各種判斷。

在寇爾眼裡，會是什麼樣的畫面呢？

「原因是雷諾茲先生希望伊弗小姐幫助他尋找狼骨，是嗎？」

同樣是帶著問號的發言，寇爾與赫蘿給人的印象卻相差了十萬八千里。

赫蘿喝了口桶子裡的酒後，看向寇爾。

然後，她輕輕笑了笑，跟著看向羅倫斯說：

「汝說呢？」

羅倫斯露出一副彷彿在說「不用問也知道答案吧」的模樣揮了揮手。

姑且不論寇爾說的原因是對是錯，只要這麼推測，就能夠解釋整件事情。

「而且，只要這麼推測，就能夠理解伊弗為什麼會那麼爽快地幫我們寫親筆信。憑伊弗的本領，她一定老早就知道雷諾茲想要得到她的協助。儘管如此，畢竟尋找狼骨不是件小事，所以伊弗還是謹慎地岔開了話題；也或許是因為她覺得可信度不高。不管事實如何，雷諾茲肯定是急著想要得到伊弗的協助。就在這個時候，出現了我們這三人組合。伊弗這時會怎麼想呢？伊弗就像狼一樣狡猾，雖然當初她把雷諾茲的提議當成荒唐無稽之談一腳踹開，但現在看到我們出現，也會開始懷疑狼骨傳言可能是真的。可是，主動向雷諾茲提話題，好像不太好耶。那麼，怎麼做好呢？哎呀，眼前這些傢伙不是正好可以拿來利用一下嗎……」

「好極了。」

赫蘿學著老太婆的語調這麼說，然後發出竊笑聲。

如果整件事情是這樣的構圖，雷諾茲肯定會覺得伊弗是在表示自己有興趣。

正因為如此，所以當寇爾提出「找到骨頭了嗎？」的問題時，雷諾茲才會完全換了個態度。

雷諾茲可能覺得伊弗竟然派了個經驗不足的人來偵察敵情，而感到生氣；也可能覺得是自己太多心，才把羅倫斯三人當成是受到伊弗命令的斥候，而感到掃興。

交談後，雷諾茲之所以會款待羅倫斯三人，或許是因為他判斷出羅倫斯三人不是受到伊弗指使而來，而是被伊弗巧妙利用的愚蠢羊兒。

既然這樣，與其磨磨蹭蹭地在交談中找機會參雜想要傳達的訊息，不如擺明地招待對方一餐還比較好。

如此一來，就能夠先解開去到珍商行時所出現的疑點。

就算是肌肉發達的山羊，只要有技巧地使用刀子，也能夠輕易地解剖成好幾小塊。

「……汝要怎麼做呢？」

赫蘿以好像很理所當然的輕鬆口吻問道。

不過，她琥珀色眼珠發出的紅光，似乎比平時更加強烈。

雖然一時因為珍商行的窮酸模樣而感到失望，但聽到珍商行仍在尋找狼骨後，赫蘿心中的怒火或許又再度燃燒了起來。

而且，赫蘿肯定是抱著「這次絕對不再置身局外」的心態。

對於令人憤怒的事件，這次絕對要靠自己的力量，以自己的尖牙、利爪及頭腦來對付。絕不能讓事件就這麼從眼前晃過。

這或許就是赫蘿的想法。

如果真是如此，身為夥伴的羅倫斯當然只有一個答案。

「那還用說嗎？」

羅倫斯打算繼續說下去時，察覺到另一人的視線。

雖然寇爾一直保持著沉默，但他的心情與赫蘿不會相差太遠。

「一起調查看看吧。如果發現根本沒什麼事，那也很好啊。」

這是一人行商之旅沒有過的經驗。
也是兩人行商之旅沒有過的經驗。
在所有人意見一致之下，決定採取行動的感覺，原來是這麼痛快。
如果面對的是軍隊，那感覺更是痛快，也難怪那些貴族會爭先恐後地想要率領騎士團。
不過，如果老是做這種事情，可能會弄得精神疲憊不堪。
赫蘿也曾像這樣擔起整座村落的重責，其勞苦可想而知。
只是沒想到，這些村民最後連一句感謝的話都沒說。
站在這樣的立場，羅倫斯才發現與赫蘿初相遇不久，看見赫蘿哭泣沮喪的樣子時，自己那安慰赫蘿的模樣有多麼膚淺。
明明這樣，還自以為是赫蘿的保護者，怪不得會一下子就掉進赫蘿的陷阱。
羅倫斯背著外表看起來與寇爾年紀差不多的赫蘿，輕輕地笑了。
然後，他立刻收起笑容，做了一次深呼吸，跟著以符合指揮官的口吻這麼說：
「那麼，我來宣佈每個人的任務。」
寇爾一臉認真——而赫蘿當然是裝得一臉認真地專心聆聽羅倫斯說話。

第三幕

羅倫斯支付了額外的費用，走出酒吧時，寇爾與赫蘿正在玩踩腳遊戲。

發現羅倫斯走出來後，寇爾停下了動作，這時赫蘿趁機用力地朝寇爾的腳踩了下去。

「咱贏了！」赫蘿挺起胸膛這麼說，寇爾則是謙卑地露出認輸的表情。羅倫斯看著兩人，都快分不出誰才是小孩子了。

不過，人類老了後也會變得像小孩子，所以要說赫蘿像小孩子，似乎也沒什麼不對。

「那麼……」

剛才天真地玩耍時，赫蘿與寇爾因為身高差不多，看起來就像雙胞胎一樣。聽到羅倫斯開口後，兩人同時回過頭來。

「那麼，你們都清楚各自的任務了吧？」

「是。」

「嗯。」

以回答的速度來說，寇爾略勝一籌。

這讓人很容易想像寇爾在學習之都──雅肯學習時的情景。

至於赫蘿則是答得一副目中無人的模樣，還悠哉地打著呵欠呢。

「可是，感覺有點緊張。」

「別緊張。不過，我可以給你一個建議。對人說謊的訣竅就是告訴自己：『這只是換個角度來想，所以不算是說謊。』而且，實際上你也不算要說謊，對吧？」

看見寇爾露出不安的笑容，羅倫斯便這麼對他說。

「是的……嗯，我沒事。我會好好收集情報回來。」

寇爾精神抖擻地回答，那模樣就好似初次準備上戰場的騎士一般。羅倫斯看了，輕輕拍了拍他的肩膀，補上一句：「我很期待你的表現。」

依羅倫斯的推斷，他認為只要交付工作給寇爾，寇爾就會有所成長。

寇爾不是只會在雅肯抱著石板，弄得一身石灰的少年。

就算被騙又被趕了出來，最後被迫只穿一身破衣旅行，他也一路熬了過來。

因此，羅倫斯是真心期待寇爾的表現。

「那麼，晚上見。」

「好的。」

寇爾露出與赫蘿玩耍時截然不同的表情點點頭，然後果決地踏出步伐。

他的背影雖然顯得嬌小，但散發出了些許威嚴。

羅倫斯還沒空思考自己在寇爾這個年紀時背影是否也散發著威嚴，衣袖就被人拉了一下。

這麼做的人當然不是在拉客的風塵女子——但在某種涵義上，她比風塵女子更加惡質。這人就是赫蘿。

「那麼，咱們也該出發了唄？」

「啊，嗯。」

赫蘿也很乾脆地走了出去。看見羅倫斯沒有跟著踏出步伐，赫蘿便回頭問道：「怎麼著？」

羅倫斯急忙追上赫蘿，並感到一陣疲憊。

赫蘿平時那麼疼愛寇爾，但把寇爾送出去接受考驗時，卻表現得如此乾脆。

還是說，赫蘿相信寇爾一定能夠通過考驗？

羅倫斯當然也不是不相信寇爾的能力，只是他沒辦法很乾脆地說信便信。

「妳一個人不會有事吧？」

所以，羅倫斯按捺不住地這麼詢問。

兩人正準備前往的地方，是從三角洲搭往南凱爾貝岸邊的乘船處。

難得人手有三人之多，如果還堅持一起行動，那可是愚蠢至極。因此三人決定分工合作，各自收集情報。

寇爾負責扮成乞丐，從北凱爾貝的乞丐們口中，打聽出珍商行的勢力以及其內幕。

赫蘿則負責扮成準備前往北方的修女，混進南凱爾貝的教會裡，調查教會在樂耶夫以及羅姆河上游的權勢以及動向。

最後，羅倫斯負責從位於三角洲上的羅恩商業公會分部，打聽出珍商行的生意狀況，以及狼骨的相關話題。

基本上，赫蘿與寇爾甚至都比羅倫斯優秀，應該沒什麼好不安的。

只不過，赫蘿是擁有狼耳朵及尾巴的異教化身，這難免讓人為她擔心。

雖說三人中赫蘿的口才最好、腦筋動得最快，但要讓她獨自行動，羅倫斯怎麼也放心不下。

「妳還是跟我一起——」

穿過人群走了一會兒後，赫蘿超前了羅倫斯幾步。

看見搶先一步穿越人群的赫蘿轉過身來，羅倫斯的話也說不下去了。

「汝認定寇爾能夠獨自行動，卻認為咱是個無法獨當一面的孩子？」

赫蘿瞇起琥珀色的眼睛，眼裡發出的紅光似乎比平時更加強烈。

她身後便是乘船處，那裡比前往北凱爾貝的乘船處熱鬧許多。

「我不是這個意思……」

「那是什麼意思？」

雖然羅倫斯有很多理由解釋自己為什麼會擔心赫蘿，但事實上，那些全都沒有道理。

不過，赫蘿會生氣是理所當然的事情。

「是我不對。」

聽到羅倫斯這麼回答，赫蘿突然戳了他的胸口一下。

「大笨驢。」

「唔？」

赫蘿一副顯得更生氣的模樣瞪著羅倫斯，然後別過臉去。

羅倫斯按住胸口，完全不懂赫蘿為何會突然戳他的胸口。過了一會兒，赫蘿夾雜著嘆息聲，回過頭看向羅倫斯說：

「汝的政治手腕真是爛透了。」

「政治、手腕？」

「汝真是爛透了。」

聽到赫蘿反覆說道，羅倫斯搔了搔頭。

「話說回來，咱真的不明白在這個狀況下，汝為什麼不願意讓咱獨自行動。」

羅倫斯還是不懂赫蘿的意思。

「沒有啊……我是擔心萬一發生什麼事情……」

「寇爾小鬼也有可能遇到意外，不是嗎？咱說汝啊……」

「唔、嗯……」

看見赫蘿露出難以啟口的表情，突然挺直身子，羅倫斯不禁也隨之挺直背脊。

赫蘿把原本看向河岸邊的視線移向羅倫斯，那眼神感覺像是在責備他。

羅倫斯搜尋起自己的記憶，隨即想起那是赫蘿掩飾難為情的表現。

「汝不是等待咱們報告的將軍嗎？而咱與寇爾小鬼是汝的手下唄？既然這樣，汝應該讓咱與寇爾小鬼互相競爭，才比較容易握住咱們的韁繩，不是嗎？」

乘船處越來越近，兩人已來到看得見船隻忙著橫越河川的距離。

同時——雖仍有些模糊，但羅倫斯也總算看清了赫蘿想要表達什麼。

「你們兩個都希望有好的表現，然後得到我的誇獎？」

赫蘿露出極度苦澀的表情別過臉去，從她的反應，羅倫斯知道自己說出了正確答案。

羅倫斯心想，這樣確實也有道理。

如果赫蘿能夠表現得比寇爾卓越，就大力誇獎她；如果失敗了，只要好好安慰她就好。

要是現在幫了赫蘿，那麼到時候不管是誇獎，還是安慰，都會變成寇爾一個人的權利。

這樣的想法確實沒錯，但還有一件事情讓羅倫斯不明白。

赫蘿沒有演戲，而是真的難為情地對羅倫斯說明了這件事。她為什麼要這麼做呢？

兩人已經來到河岸邊的棧橋上，但因為有太多人要搭船，所以開始排隊等候。

因為四周都是人，赫蘿不能露出長袍下的耳朵和尾巴，她一副痛苦難耐的表情說道：

「汝將來不是想擁有商店嗎?那麼就必須再多學學如何用人。」

「啊!」

羅倫斯不禁摀住了嘴巴。

赫蘿說的確實沒錯。

擁有商店後,就必須雇用員工。

到時候必須從表裡兩面掌握人心,有時還需要手下們表現忠誠心。

不過,羅倫斯雖然很習慣一對一的應酬,但如果面對的人數太多,他可就一籌莫展了。

「就憑汝這副模樣,竟然還想為握住咱的韁繩而努力。」

赫蘿單手叉腰,歪著頭露出一臉受不了的模樣。

羅倫斯沒理會向前行進的隊伍,不服輸地開口:

「妳不是覺得我這樣比較可愛嗎?」

聽到羅倫斯板著臉這麼說,赫蘿沒有顯得特別高興,只微微側著頭說了句:「表現普通。」

「那就拜託妳了。」

「雖然汝的臉上寫著擔心,哎,但咱就勉強接受汝說的話唄。」

羅倫斯把回程的船費交給赫蘿後，向船夫說明理由，並預付了船費。

「咱晚餐想吃小麥麵包。」

「如果妳表現得不錯，我就會買。」

聽到羅倫斯這麼說，赫蘿露出微笑。她隨即轉過身子，敏捷地跳上渡船。

凱爾貝的土地中間夾著河川，分為南、北地區，而北凱爾貝沒有教會。

這代表北凱爾貝住著異教徒，南凱爾貝則以正教徒居多。就城鎮的歷史來說，似乎僅是因為正教徒的商人們從南方來到此地，於是便買下南凱爾貝的土地，就此定居下來。

不過，看到兩地如此明顯的差異，不禁讓人想誇大其辭地說：「彷彿看到世界的縮圖。」

北凱爾貝的建築物高度和馬路寬度都參差不齊，反觀南凱爾貝的建築物高度就有嚴格的規定，沿路的街道景觀整齊劃一。在南凱爾貝，只要是面向大馬路的商行卸貨場，大概都不會有無聊到打呵欠的騾子。

雖然在北凱爾貝的岸邊看得不是很清楚，但站在三角洲的河岸上，就能夠清楚看見南凱爾貝雄偉的教會。高高聳立的教會宛若把捐贈金全堆疊起來似地，把自己打造得彷彿直通天際。而金黃色的美麗吊鐘，就高掛在距離神明最近的地方。

赫蘿打算假扮成準備從南方回到北方故鄉的旅行修女，然後以「雖然很想回故鄉，但很擔心故鄉仍充斥著異教徒」為由，藉此收集情報。雖然羅倫斯向赫蘿仔細說明了教會人士可能提出的問題，但就算沒有聽過這些說明，憑赫蘿口齒伶俐的程度，也一定能夠收集到足夠的情報。即便如此，能讓赫蘿獨自去做事，對羅倫斯來說還是很不可思議。因為兩人一直以來都是一起收集情報、一起思考事情。

以後擁有商店，並且雇用人手時，一定會有一樣的感覺。

想到這裡，羅倫斯腦海裡忽然閃過一個念頭——屆時店裡會出現赫蘿的身影嗎？

「……」

羅倫斯搔了搔頭，然後嘆了口氣。

如果連這種事情都要擔心，可能反而會被赫蘿擔心「真沒辦法丟下那小子一人」呢。

羅倫斯一個人笑了出來，望著赫蘿混在其他客人之中渡河。不久後，他轉過身邁出步伐。

他的目的地，是位於三角洲上的羅恩商業公會分部。

羅倫斯沒有與赫蘿一起坐船前往位於南凱爾貝的總部，純粹是因為總部沒有他認識的人。

三角洲的市場是連接北方與南方的重要貿易據點之一，所以每家公會都會在這裡設置分部，以隨時召集旅行同伴，並收集商品資訊。由於建築物的規格受到限制，因此沒辦法像在鎮上那樣以規模相互較勁，但每家公會都在建築物正面突顯各自的特徵。憑羅倫斯的了解，只要看著這些特徵，就能夠一個一個猜出是哪家商業公會。

想到每家公會的洋行都有數十名、或數百名商人加入，而每個商人都在相互競爭，羅倫斯不禁覺得有些不可思議。

這表示世上有這麼多人在做生意，而生意種類更是千般萬樣。

在造型宛如在海上小船的客艙門、同時也很眼熟的洋行門口，羅倫斯輕輕敲了敲大門。

「喲？來了位稀客呢。」

洋行一樓聚集了幾名商人，每個人都是一身旅行裝扮。

「好久不見，基曼先生。」

負責管理洋行的主人座位，位於面向洋行一樓入口處的最裡面。坐在這個座位上、擁有一頭美麗金髮的基曼，是在貿易據點出生的貿易神童。

羅倫斯曾經聽過關於基曼的傳言。這個傳言像是正面評價，也像是在挖苦諷刺。傳言說基曼的父親是凱爾貝數一數二的貿易商，拜其父親所賜，基曼從未出過遠門，卻比別人看過更多來自遠方的商品。事實上，基曼的體格之纖細，說他是吟遊詩人也不會有人懷疑；而他的雙手，則是細嫩得不同於在洋行一樓飲酒交換情報的商人，找不到半處皸裂。

因為基曼是個典型的有錢公子，感覺上這樣的人會被風塵僕僕做生意的商人們討厭，但事實上，商人們對於基曼的信賴出乎意料地深。

羅倫斯記得基曼小他兩歲左右。與羅倫斯不同，基曼擅長在鎮上做生意。

在洋行工作的商人，不會被要求必須能夠不分晝夜地奔走，或是在面對語言不通的對象時立刻發揮商談能力。

旅行商人們都認定基曼是一個能夠安心將洋行交給他打點的人。

「好久不見，克拉福．羅倫斯先生。您這次是走陸路而來的嗎？」

基曼會這麼詢問，想必是因為昨天以及今天，或者是這幾天都沒有商船入港。

「不是，這次也是走水路。不過，我沒經過海洋，而是沿著河川南下。」

聽到羅倫斯的話語後，基曼用手中的羽毛筆搔了搔下巴，視線在空中繞了一圈。

據說基曼的腦海裡有一萬張之多的地圖。

這名羅倫斯過去只見過兩次面的男子，利用腦海裡的地圖確實掌握了羅倫斯的行商路線。

「我這次不是走平常的行商路線。有點事情要辦，所以繞到了雷諾斯。」

「喔，原來如此。」

比起赫蘿不帶笑意的笑臉，基曼的笑臉更讓人猜不出他在想什麼。

城鎮商人在其出生的城鎮一住就是好幾十年，所以彼此的個性和習慣早就都洩了底。明知如此，城鎮商人們卻還是會互相刺探真意。因此，城鎮商人的陰險程度，根本不是旅行商人能夠望其項背的。

雖然只是分部，但這名年紀輕輕就當上洋行主人的年輕貿易商還是相當可畏。

羅倫斯努力地保持平靜，照著每次來到洋行的慣例，拿出銀幣當捐贈金，並說道：

「對了，我剛剛在黃金之泉看了一場有趣的短劇。」

「呵呵呵。不愧是羅倫斯先生，知道那是一場有趣的短劇。就是經常出入這裡的旅行商人，也很難識破這樣的事實呢。」

羅倫斯疊了五枚崔尼銀幣在櫃檯上，基曼卻連正眼都沒瞧一下。他一邊像小孩子擁有共同秘密似的開心笑著，一邊從櫃檯探出身子說：

「就算是刻意明顯的互動，也不知道對方會在何時、什麼地方暗藏毒針。所以呢，想必總部的迪達行長現在為了保護我們的荷包，正在外面奔波吧。」

羅倫斯只知道名字，並不認識領導凱爾貝羅恩商業公會的迪達行長。他心想說不定迪達行長也在方才伊弗主動上前搭話、看來難以應付的那群商人之中。

這麼說來，伊弗沒有領導常駐於凱爾貝的某家商行，卻在各家商業公會的幹部會員們結成黨派之前，孑然一身地應戰。

聽到年輕騎士對抗巨人的故事，有哪個男人不會感到胸口一陣熾熱呢？

一股忌妒之情很直接地在羅倫斯胸口翻騰。但在基曼面前，羅倫斯絕對不會表現出在伊弗面前那樣的態度。

因為基曼是個優秀但無法信任的對象。

「真的有毒針嗎？據我所了解，北凱爾貝的地主感覺上就跟已經卸下港口的魚沒什麼兩樣。」

「是啊，他們幾十年前就被卸下港口，早就變成魚乾了。不過，今年的北方大遠征取消，流動的資金也跟著變少。也就是說，他們為了更大的利益，可能要犧牲小的利益。」

北凱爾貝的地主們所收取的金錢，乃是三角洲的市場租金，而這個租金來源想必是在市場徵收的稅金。

這麼一來，人潮和物品的往來一旦變少，勢必會造成稅收減少。

然而，古今中外貸款者之所以會持續賺錢，而借款者之所以會破產，是因為無論借款者是賺錢或虧損，貸款者永遠都收得到固定的利息。

「這時候如果施予恩惠，借更多錢給他們，想必之後會更方便行事吧。這是我這種恰巧知情的旁觀者才會萌生的想法嗎？」

基曼沒有特別露出感慨的模樣，就直接收下羅倫斯疊上的五枚崔尼銀幣，然後靜靜地在捐贈簿上做記錄。

一個人如果每天看的帳簿，上面記載彷彿有好幾艘巨大貿易船不停穿梭似的金額，那麼五枚崔尼銀幣在他眼中，就只有做出這般反應的價值。

在留賓海根的洋行捐贈崔尼銀幣時，葉克伯行長還誇張地做出反應，這讓羅倫斯不禁懷念起葉克伯。

「並非如此。一般而言是這樣沒錯。只是很遺憾地，對方是臨死前都還在支付利息的那些人之子，他們打從出生就一直在還利息。大約在十年前，溫菲爾海峽發生戰爭時也一樣，那時他們拖了好幾年沒繳利息，聽說南凱爾貝這邊還表示願意勾銷部分借款，因為已經拿夠本了。」

這個年輕的金髮貿易商，有著能恣意控制自己各種笑臉的才能。

他爽朗的笑臉底下，參雜了少許的陰險。

「他們是在意氣用事？」

「您猜得沒錯。他們執意要支付利息，還說總有一天會還清所有借款。我們這邊的想法是，只要擴大三角洲的市場面積，很快就能回收他們繳不出來的借款利息。但是，對方因為知道我們這樣的想法，所以變得更加固執。他們的心態就是『怎麼可以讓那些傢伙賺更多錢』。」

基曼一副無奈得說不出話來的模樣，並聳了聳肩；羅倫斯也贊同他的意見。

這樣被當成出氣筒的伊弗未免太可憐了。

伊弗身為溫菲爾王國的淪落貴族，據說在羅姆河流域擁有頗大的影響力，卻願意乾脆地捨棄這一切，準備前往南方，或許原因就在於這裡的情勢。

為了往上爬，伊弗到處利用關係；現在為了償還這些人情債，她變得有些周轉不靈了。

「我倒是覺得應該更合理地處理事情才對。別說是婚姻了，南、北兩邊到現在連搬個家都還有困難。」

雖然基曼滔滔不絕地說個不停，但這絕對不是出自他的親切。

他一定是認為「反正旅行商人就是愛湊熱鬧」，才會談論黃金之泉的話題。

若是如此，這些扛著羅恩商業公會招牌的旅行商人，要是擅自收集情報，然後到處散播完全不符公會方針的情報，那可就傷腦筋了——這就是公會幹部們的思考方式。

公會幹部們說出各種情報的舉動是一種誘導，也是一種強調「公會看法就是這樣」的警告。如果偏離了公會方針，就等著接受制裁。

還不知道幹部們的思考方式時，會覺得話中像是有陷阱似的令人恐懼；但知道後，反而會覺得無論去到那裡的洋行，只要好好遵守規定，洋行的存在就像自己的守護神一樣。

「原來如此。這麼說來，我聽到的謠言也不見得有錯嗎？」

「謠言？」

對洋行來說，收集情報比什麼都重要。看見基曼露出比看見五枚崔尼銀幣疊在櫃檯上時更感興趣的表情，羅倫斯忍不住露出苦笑。

同是旅行商人在交談，一聽到「謠言」兩字，如果馬上表現出如此感興趣的模樣，等於是在降低自己的地位。

「是的。我聽說位於北凱爾貝的珍商行，被同樣是北凱爾貝的有力人士咬得死死的。」

這當然只是羅倫斯的一個假設，但說出口的那個瞬間，假設變成了確信。

基曼的表情沒有變化。

不過，那顯得太刻意了。

「這種謠言……抱歉，請問您究竟在哪裡聽來的？」

其實基曼大可裝傻就好，但他察覺到自己的心聲已被羅倫斯識破。

基曼露出了嚴厲的目光。

這時候就看羅倫斯要怎麼挑選話語。

他決定試著在平靜的湖面，丟下一顆大石頭。

「老實說，我在雷諾斯與一位作風奇特的前貴族——」

羅倫斯沒有說出最後的「做生意」三個字。

基曼臉上明明浮現像是聽到笑話的表情，但就在這時，羅倫斯倚在櫃檯上那隻手的袖子卻被他輕輕地抓住了。

基曼臉上的表情與全身散發出來的氣勢完全相反。

「羅倫斯先生，旅途一定讓您累壞了吧？要不要到後面小歇片刻呢？」

洋行裡不但設有餐廳，也有供人住宿的床鋪和壁爐。

然而，基曼當然不是真的要羅倫斯小歇片刻的意思。

羅倫斯準備的魚餌似乎意外釣到了大魚。

「好啊，我非常樂意。」

他露出坦率的笑臉說道。

小房間看似是基曼的執勤室，位於洋行深處。被帶到這裡後，有人送來了魚香四溢的熱湯。

這不是適合單手拿著酒杯談論的話題，也不適合喝小孩子的甜飲料。

而且，在這個旅人來來往往的城鎮，人們比較喜歡鹽味十足，又能夠滋補身子的魚湯。

羅倫斯喝了一口魚湯，熟悉的鯡魚味道讓他稍微回想起過去。

「好了，您跟那位波倫家的女主人是什麼樣的關係呢？」

基曼的語氣簡直像在審問。

他完全沒有要喝自己那碗魚湯的意思。

看見基曼這樣的舉動，羅倫斯不禁悄悄懷疑，這魚湯是不是加了什麼具有怪異效用的藥草。

「我是個旅行商人，跟她當然不會是在舞會裡一起跳舞的關係。」

「是因為造成騷動的皮草事件嗎？」

基曼可能是今天剛剛得知這個情報，也可能是常駐雷諾斯的人昨天快馬通知了他。

因為不是什麼非得隱瞞的事情，所以羅倫斯點了點頭，然後輕咳一聲說：

「我們本來打算合作一筆大生意，結果在最後關頭遭到背叛，被她搶先了一步。因為嚥不下這口氣，所以我沿著河川南下，來這裡罵人。」

「您別開玩笑了。」

基曼很習慣玩弄人於股掌之間，卻似乎不習慣自己被人玩弄於股掌之間。

看見他臉上露出有些生氣的表情，羅倫斯不禁覺得彷彿看到了較為年幼的赫蘿。

「我們打算合作生意是真的，而我沿著河川南下，也確實是為了追上伊弗小姐。只不過，我的目的是想得到伊弗小姐的建言。」

「您是說生意上的建言？」

羅倫斯搖了搖頭說：

「旅途中真的會有一些很不可思議的際遇。這樣的際遇，害得我開始追查起某個無稽之談。」

「無稽……之談？」

「是的。」

基曼彷彿像在眺望天上星辰似的轉動視線，然後繼續說：

「您是說狼骨的傳言？」

「沒錯。您會立刻聯想到這個傳言，就表示這個傳言在這裡的確很有名，是這樣沒錯嗎？」

「有名是有名，只是……您真的相信這樣的傳言嗎？」

與其說難以置信，基曼的反應更像是感到驚訝。
可見狼骨傳言是會讓人覺得「有必要特地追查嗎？」的話題。
「不過，您一定覺得難以置信吧。」
「沒有，不會啊……」
基曼本人一定最清楚這樣的回答有多不自然。
「抱歉。我想也瞞不過您，我確實覺得難以置信。」
「因為我的旅伴是個北方人，這個傳言與旅伴的故鄉有關，所以旅伴堅持一定要查出真相。」
在北方與南方的貿易據點，文化與信仰發生衝突就像家常便飯一樣。
在這個城鎮，以旅伴是北方人為理由，反而顯得更有說服力。
「原來如此……我之所以會覺得難以置信，絕對不是針對追查狼骨傳言的行為。」
基曼的反應與珍商行的雷諾茲一樣。
不過，接續下去的話語就不同了。
「我之所以會覺得難以置信，是因為羅倫斯先生您難得認識伊弗．波倫，卻利用這個門路特地去追求虛無渺茫的東西。」
羅倫斯陷入短暫的思考。
他以理論找出基曼的想法。

「也就是說，只要利用伊弗小姐這個門路，想要追求多少實際的東西都不成問題？」

聽到羅倫斯這麼詢問，基曼露出很滿意的表情點了點頭。

「我之所以帶您到這裡來，是因為她的名字在這個城鎮是非常重要的存在，同時也是很奇妙的存在。」

「怎麼說呢？」

如果說伊弗的名字對這個城鎮真的很重要又很奇妙，其原因一定也是很重要又很奇妙了。

雖然發了問，但羅倫斯只有一半的把握能夠得到解答，而他似乎賭贏了。

基曼輕咳一聲後，開口說出解答：

「她利用自己曾是貴族的優勢，到處暗中與掌權者合作，勤奮地四處賺錢。她與這些掌權者的利害關係究竟如何，我想也只有她本人才得知全貌。對她的態度要是出了差錯，沒有人知道會造成多大的影響。我會帶您到這裡又跟您說這些，理由跟我們先前談到的話題一樣。」

基曼是指在櫃檯時，談到關於南北凱爾貝的話題。

那時基曼果然不是出自親切，而是在向羅倫斯說明公會的看法。

「所以，當我聽到您不是打算與她在凱爾貝合作生意，而是來尋找虛無渺茫的傳言線索時，不僅感到驚訝，也同時感到安心。」

雖然基曼露出親切的表情這麼說，但反推回來，他要說的話就是：「不准在凱爾貝與伊弗合作生意」。

「不過，詢問她有關狼骨的話題是對的。在我們這條羅姆河流域，應該沒有人比她擁有更多的情報。」

基曼想說的應該是：「如果你是要追查虛無渺茫的無稽之談，那就請便吧。」

還有，基曼會這麼說，就表示他相信狼骨傳言是無稽之談。

「不過，我很好奇的是，羅倫斯先生您怎麼會與她合作生意呢？凱爾貝有很多人想與她合作生意，但她根本是不理不睬。如果對方會做出一些反應，那還有辦法可想，像她那樣……」

基曼一定很在意伊弗吧。

如果說伊弗是如此重要的人物，以公會的立場來說，一定也會積極設法與她合作。

「我沒有做什麼努力，是她主動找上我。不過，現在我似乎能理解她為什麼找上我了。」

「哦？」

「伊弗小姐討好掌權者，然後利用他們賺了錢，現在可能是回報掌權者，回報得有些吃力，也可能是不想再回報。在黃金之泉與南凱爾貝金主護衛們對抗的，不正是伊弗小姐嗎？」

或許是下意識地想要掩飾臉上再次浮現的驚訝表情，基曼摸了摸臉頰後，點頭作為回應。

「在雷諾斯合作生意時，我是真的被伊弗小姐騙了。我不僅把重要的旅伴當成抵押品，調度了資金，還差點賠上了自己的性命。雖然最後演變成了……柴刀和小刀都派上用場的火爆場面，但我相信她會來找我合作生意，是因為她能欺騙的、能利用的，只剩下我這種旅行商人而已。」

這麼推測後，羅倫斯也想通了在調度採買皮草的資金時，奴隸商的商行為何會那麼爽快地答應借錢給他。

那是因為伊弗的名字確實有那麼多價值。

「原來如此……確實有這個可能性。不過，曾經拿出柴刀和小刀互鬥，現在還能夠請對方提供建言，這樣的關係真是教人羨慕呢。」

羅倫斯不得不佩服基曼很懂得挑選言詞。

他一邊露出苦笑，一邊這麼回答：

「為了搶荷包，變成像小孩子一樣互打時，總會不小心說出真心話吧？雖然我們的關係不算是友人，但算是共有一段令人難為情的回憶。」

雖然羅倫斯的話語沒有完全傳達事實，但也相去不遠。

或許是似懂非懂，基曼閉上眼睛點點頭，用食指按住太陽穴，像是在思考著什麼。

擁有洋行負責人地位的人，大概不會遇到如此野蠻的交易，所以基曼才會有這樣的反應。

正當羅倫斯腦中浮現這像是偏見，也像是優越感的想法時，基曼忽然抬起頭說：

「我明白了。對了……」

「請說。」

就在羅倫斯毫無防備地應答的瞬間——

「伊弗．波倫和公會，請問您會以哪一方為優先？」

所謂的驚慌失措，就是指羅倫斯現在的反應。

一瞬間，羅倫斯忘了眼前的人是誰。

不過，他察覺到自己並非因為驚訝過度，會讓他忘了眼前的人是誰，其實另有原因。

現在的基曼散發出完全不一樣的氣勢。

羅倫斯感覺背部冒出了大量冷汗。

直到方才，羅倫斯一直以為兩人聊著伊弗就像在閒話家常，現在才發現自己真是大錯特錯。

羅倫斯以為讓基曼聽一聽事情經過，就能夠平安結束話題。

然而，基曼的如意算盤似乎並非如此。

「那……當、當然是公會。」

雖然羅倫斯勉強這麼回答，但基曼頭也沒點地從羅倫斯身上挪開視線。

如此冷漠的態度，就跟看見羅倫斯把作為捐贈金的五枚崔尼銀幣放在櫃檯上時一模一樣。

原來是羅倫斯被玩弄於股掌之間。

而且容易得令人難以置信。

「那麼，我很期待您以本公會會員的身分，做出符合這個身分的言行舉止。人脈是財產，而財產是資本。商人談大筆生意時，都需要有大筆資本，您說對吧？」

基曼莞爾一笑說道，那笑臉實在太厲害了。

他的口吻雖然溫和，卻帶著讓人無法說「不」的氣魄。

羅倫斯為自己的掉以輕心感到後悔。

而且，他完全低估了伊弗的重要性。

更慘的是，羅倫斯還被迫表示保證以公會優先。

這就像不知道合約內容，卻被迫簽訂合約。一股難受的感覺猛烈襲上羅倫斯，而且他知道這不是自己多心，而是事實。

「伊弗小姐讓我們很頭痛，我們都不知道該怎麼處理好呢。」

基曼一副像在閒話家常的模樣，保持著笑容這麼說。

他的樣子實在不像只是要羅倫斯幫一點忙，好比說從中牽線之類的小事。

就算顯得狼狽，羅倫斯還是希望自己至少能夠得到一些線索，否則根本無法掌握到自己會被如何利用。

這麼想著的羅倫斯正準備開口，但就在這一瞬間——

「基曼先生！基曼副行長！」

房外傳來一陣慌亂腳步聲的同時，也傳來了聲音。

緊接著，劇烈的敲門聲響起，並且再次傳來呼喚基曼的聲音。

一定有什麼大事發生了。

然而，基曼靜靜地喝著冷掉的魚湯，絲毫沒有顯得慌張的樣子。

「那麼，抱歉占用了您這麼多時間。我好像必須去處理一下其他的工作，先告辭了。」

基曼站起身子後，泰然自若地朝向房門走去。

錯失開口時機的羅倫斯只能愣愣地望向基曼的背影。這時，基曼忽然停下腳步，回頭看向羅倫斯說：

「啊，對了……」

基曼這樣的表現，簡直就像是必須在眼力很好的觀眾環視之下無時無刻不忘演戲的演員。

「我們在這裡交談的內容要是傳了出去……」

基曼話沒說完，就這麼打開了房門。站在門外的洋行人員一臉慌張，在基曼耳邊低語一陣後，基曼點了點頭，表情絲毫沒有變化。

即使頭上沒有狼耳朵、腰上沒有尾巴，世上還是存在著能與可怕神明或精靈匹敵的人類。

羅倫斯對此感觸良深。

「您一定會後悔喔。」

說罷，基曼看向了羅倫斯。這時的他，已經變回露出爽朗笑容的貿易商。

洋行就像蜂窩受到攻擊般一片混亂。

好幾人打開洋行大門衝向一樓的櫃檯，一放下文件又跑了出去。

這種時候想要知道凱爾貝發生什麼事，待在洋行裡是最佳選擇。

然而，望著基曼工作模樣的羅倫斯，根本沒有餘力思考凱爾貝所發生的騷動。

他在腦中不斷反芻方才與基曼的互動。

雖然羅倫斯一臉正經，裝出與其他商人一樣在確認城鎮發生何事的冷靜模樣，但內心其實感到不安。

羅倫斯知道基曼打算利用他認識伊弗這一點採取某種行動。他本打算以伊弗為誘餌讓基曼上鉤，然後探聽出情報，沒想到上鉤的反而是自己。

這時，原本一片沸沸揚揚的洋行一樓，氣氛忽然變了。

羅倫斯也跟著大家抬起頭一看，發現一個熟面孔出現在敞開的大門處，正探出頭窺探洋行。

那個熟面孔是原本說好辦完事情後，要在旅館會合的赫蘿。

「請問有什麼事嗎？」

大門旁一位毛髮濃密的商人親切地詢問赫蘿。他可能以為赫蘿是與同伴走散、迷了路的巡禮修女。

赫蘿一瞬間像是在思考要怎麼回答，但羅倫斯從椅子上起身後，她立刻發現了羅倫斯。

「抱歉，她是我的友人。」

世上有很多商人擔任運輸服務隊的工作，負責打理騎士團或傭兵部隊的食糧和其他大小事。如果是一群還算富裕的人踏上巡禮之旅，也會有商人擔任同樣的工作。

聽到羅倫斯若無其事地這麼開口，其他商人似乎也就以為他是擔任這種工作的商人。

雖然其他商人還投來有些羨慕的目光，但想必也是針對羅倫斯帶著看似出手大方的顧客。

唯有基曼的反應與其他人不一樣。

羅倫斯承受著基曼集中在他背上的視線，並帶著赫蘿走出洋行。

雖然外面跟平常的模樣沒什麼太大差別，但只要仔細一看，就會發現看似忙著送文件到各處洋行分部的商人和小伙子，正鐵青著臉四處奔走。

「怎麼了？」

羅倫斯一邊帶著赫蘿緩緩走在熱鬧的市場裡，一邊這麼詢問。

「街上突然變得騷亂，咱怎麼放心丟下汝一人。」

羅倫斯本打算回一句：「妳這話什麼意思？」但想到自己每次遇到什麼事情，就會一頭栽進去，也就不敢做出反駁。

而且，這次確實就快被捲入某件風波之中。

「那妳有收集到情報嗎？」

當然了，羅倫斯還是假裝一臉鎮靜地問道。

赫蘿一聽，立刻驕傲地挺起胸膛，但很快地就像在吐氣似的弓起了背，搖了搖頭說：

「每個人都是千篇一律的說詞。後來咱發現一個比汝可愛的大笨驢，本打算問個徹底，結果因為突然發生這場騷動，被趕了出來。到底發生了什麼事情？」

羅倫斯猶豫著該不該認真回應赫蘿的話語，但最後決定不予理會，只針對具有實用性的部分反問說：

「被趕了出來？妳是說教會？」

「嗯，咱還以為對教會造成威脅的惡魔跑到街上來了呢……」

看見赫蘿裝模作樣地認真說道，羅倫斯忍不住笑了出來。

「如果真是這樣，那確實是大事一樁。不過……騷動是跟教會有關啊。」

「被教會趕出來後，咱也試著想要調查，看看是怎麼回事，但人潮實在多得嚇人，根本無從調查起。而且，連手持長槍和長劍的傢伙們也大規模地出動了。」

「妳是說士兵？」

「嗯。咱只知道河川那邊不知道運來了什麼很重要的東西，聽說被搬進了教會。現在那裡就像在舉辦祭典一樣，好不熱鬧。喏，有一次不是出現了一個可愛小毛頭，跟汝爭著說要娶咱當老婆嗎？」

「妳是說卡梅爾森啊？」

看見羅倫斯說著露出了「別讓我想起那段回憶」的不悅表情，赫蘿咯咯地笑了起來。

不過，現在如果再發生一次同樣的事情，羅倫斯不確定還會不會像當時那樣造成大騷動。

這麼一想，羅倫斯不禁覺得，當時他與赫蘿正一步一步地拉近彼此的距離，所以在那種情況下，才會產生卡梅爾森的騷動。

赫蘿會開心地重提往事，一定也是因為感到有些懷念。

「不過，是要發生多嚴重的事態，才會變成那樣啊？」

「咱怎麼知道。咱雖然豎起耳朵偷聽四周那些傢伙說話，但還是抓不到要領，所以才覺得應該先跟汝會合比較好。」

羅倫斯喃喃說了一句：「這樣啊。」然後試著在腦中整理方才在洋行聽到的情報。

「根據洋行接到的消息，好像是北凱爾貝的船隻被南邊的商行船隻拖著走，所以我還以為一定是內政上的問題。」

赫蘿似乎掌握不到是什麼狀況，一臉像是被捉弄了似地瞪著羅倫斯。

她的意思是：「給我說明白一點」。

「這個城鎮不是南、北兩地區互相對立嗎?不過，再怎麼對立，也不可能在海上劃起界線。所以，當魚群游到北邊的時候，就會在北邊捕魚，如果魚群游到南邊，船隻就會開往南邊。在海洋、湖泊或河川捕魚時，總是會因為爭奪地盤，而爆發流血衝突，所以我才以為是這類的事件。現在這種狀況，總不可能是南凱爾貝的商行看中在海上英勇捕魚的北邊船隻，然後突然買下北邊的船隻吧?」

或許是因為提到爭地盤的話題，赫蘿似乎明白了狀況，她緩緩點了點頭。

「北邊的船隻被拖著走，還必須派士兵護衛，才能把某個東西卸下港口;而且那東西不是搬進商行，而是搬進教會……不會是真的抓到人魚了吧?」

「人魚?」

赫蘿微微傾著頭問道。

令人意外地，赫蘿似乎沒聽過人魚。

「該怎麼解釋才好呢……人魚就是傳說裡會出現的生物。前面不遠的海洋叫做溫菲爾海峽，這海峽的北邊出口附近屬於岩礁地帶，經常會發生船隻觸礁的意外。然後，從前有一個傳說。據說在海峽的北邊出口附近會看見美若天仙，並且擁有優美歌聲的美女們，婀娜多姿地坐在岩礁上唱歌，而意外之所以會頻頻發生，就是因為船夫們受到蠱惑。可是，美女們怎麼會出現在白浪濤天的岩礁上呢?船夫們的這個疑問很快地有了解答。原來她們的上半身是美女，但下半身卻是魚的模樣。」

赫蘿一臉驚嘆地聆聽羅倫斯的故事。

雖然赫蘿不像不了解海洋的樣子，但似乎沒聽過人魚的存在。

她沒聽過人魚的存在，或許就表示人魚傳說果然只是個迷信。

羅倫斯這麼想著時，赫蘿發出「嗯」的一聲點點頭，然後開口說：

「人類的雄性怎麼老是受到蠱惑吶。」

的確，在傳說或神話當中，男人老是被精靈或其他化身欺騙。

不過，託與赫蘿交手多次的福，羅倫斯也學會了一、兩招反擊的方法。

「比起擔心受騙而戰戰兢兢地過活，過得輕鬆悠哉一點不是很好嗎？」

與其待在氣氛緊張的賭場，還不如待在和煦的陽光下；羅倫斯十分清楚赫蘿這樣的個性。

聽到羅倫斯的話語，赫蘿微微擺動了耳朵好一陣子，才一副難為情的模樣說：「哎，誰叫咱們也那麼愛喝酒。」

「不過吶……」

赫蘿掛著笑臉說下去：

「汝是不是對教會裡的神明發了誓，說自己如果沒有掉進另一邊的陷阱，就必須掉進這邊的陷阱？」

「咦？」

「咱是在問汝是不是瞞了咱什麼？」

「呃……」

再次被強調無法對赫蘿有所隱瞞的事實，羅倫斯忍不住發出呻吟。

羅倫斯本打算先自己整理好思緒，再告訴赫蘿，但最後還是把和基曼的交談過程全盤托出。

赫蘿聽完後的第一句感想是：

「大笨驢。」

雖然羅倫斯很想回一句：「基曼根本不是人類！」但他知道這樣的理由根本不成藉口。

然而，赫蘿一副若無其事的模樣，接著開口說：

「不過，如果對方提出無理的要求，只要回絕就行了唄？」

赫蘿那理所當然的表情，甚至帶著些許愕然。看到赫羅的反應，羅倫斯不禁陷入真的可以這麼做的錯覺，由此可見赫蘿對他的影響力有多大。

不過，羅倫斯重新打起精神，搔了搔自己的頭。

雖然商人總喜歡在紙上留下合約內容，但實際上，在紙面寫下文字之前，商人會先利用口頭約定的方式締結合約。

口頭約定的意義非常重大。

「隸屬於羅恩商業公會的商人有數十、甚至數百名之多，其中也有一年能夠賺進一千枚盧米歐尼金幣的大商人。像我這樣的商人，不過只是個一吹就倒的小角色，如果公會要求我幫忙，絕對不可能拒絕。妳一定覺得這樣很蠢吧？不過，也正因為這樣，約定才能夠有所保障。」

羅倫斯在留賓海根差點破產，被迫選擇上奴隸船或是上礦山勞動之際，也沒有背叛公會。

在這方面，公會能夠成為可靠的同伴，也能夠變成可怕的敵人，是一個以金錢及筆作為武裝的騎士團。

「唔。哎，的確，族群裡的小毛頭要是接到長老的命令，確實不敢違背唄……」

「我說的沒錯吧？」

「嗯。不過，在那種地方生存的人大多害怕失去太多，所以不敢大膽行事。因為汝認識那隻母狐狸，所以他們很想與汝合作，但又擔心汝與其他人合作，才會威脅汝唄。」

面對這個容易受到各種羈絆或氛圍所支配的話題，沒有陷在其氛圍中的人，能夠更加冷靜地做出判斷。

「而且，站在領導族群的立場來看，緊盯著手下，不讓手下魯莽行事是基本中的基本。沒什麼好擔心的唄。」

這句話從實際領導過一座山、或一座村落的赫蘿口中說出，讓人感覺特別有說服力，羅倫斯不禁覺得，或許真的沒什麼好擔心的。

赫蘿不是愛喝酒、吃東西，想到故鄉就哭哭啼啼的城市女孩。

「哎，反正不管汝變成怎樣，咱都只會照著咱心裡的優先順序採取行動。」

赫蘿一邊不停揮手，一邊說道，然後丟下羅倫斯，加快腳步走去。

這時如果忿怒地指責赫蘿既任性又無情，那就錯了。

話雖這麼說，如果笑說赫蘿真愛開玩笑，那也不對。

於是，羅倫斯朝著赫蘿的背影說：

「就算妳心裡的第一優先是我，妳也沒辦法直率地說出來吧？」

赫蘿停下腳步，然後轉過身子說：

「嗯，因為咱不能蠱惑汝。」

看見面帶笑容的赫蘿險些露出尖牙，羅倫斯不禁打起寒顫。但羅倫斯不是感到害怕，而是擔心赫蘿會暴露身分。

不過，羅倫斯每次會有一陣寒意爬上背脊的感覺，大多不是因為四周的氣溫下降，而是因為自己的身體在發燙。

羅倫斯無奈地嘆了口氣，跟上放慢速度走路的赫蘿。

然後握住赫蘿的手說：

「可以了嗎？差不多該先跟寇爾會合了吧。」

正如羅倫斯所期待，赫蘿回過頭來時，臉上果然帶著忿怒。

「別搶了咱的台詞，汝這個大笨驢！」

從三角洲搭船回北凱爾貝時，很幸運地只花了一人份的船資。

鎮上一有什麼事情發生，騷動就會瞬間蔓延開來。

更何況事情發生在只隔一條河的對岸，人們愛湊熱鬧的本性怎麼可能不蠢蠢欲動呢？

因為所有人都想從北凱爾貝前往三角洲再轉往南凱爾貝，所以反方向的船隻淨是空船。

這時候當然要殺價，而殺價省下的錢則買了烤螺肉給赫蘿吃。

「妳可別告訴寇爾啊。」

羅倫斯還來不及這麼說，赫蘿就已經吃光烤螺肉，一副心滿意足的模樣。

如果要追查鎮上到底發生什麼事情，應該直接留在三角洲，或是搭船到南凱爾貝才是最佳選擇。但是，根據赫蘿的情報來看，現在似乎不需要這麼做。

羅倫斯之所以沒有告訴基曼自己的投宿地點，是為了採取輕微的防護措施。

凡事總會有萬一。

如果是赫蘿那還好，萬一是寇爾被抓去當人質，不管對方提出多麼無理的要求，羅倫斯都必須接受。

因為有這層顧慮，羅倫斯與赫蘿決定先回旅館。回到旅館一看，發現寇爾正以一副疲憊不堪的模樣趴在桌上。

「啊，您們回來了啊……」

寇爾的表情顯得很僵硬。

羅倫斯心想：「該不會出了什麼事吧？」但看見桌上擺著品質似乎不太好的燻鯡魚，以及缺了一半或變得扭曲的泛黑銅幣後，很快便察覺到是怎麼回事。

寇爾假扮成乞丐去打聽情報，結果在那裡也大受歡迎。

「……好累喔。」

「看你的樣子就知道了。不過，你應該也聽到不少事情吧？」

赫蘿走近笑得疲憊不堪的寇爾，然後用兩手幫他搓揉著眼角四周。

羅倫斯初出茅廬時，也曾經因為陪笑過度而笑僵了臉，睡覺時臉部肌肉還自己動了起來。

當然了，那時羅倫斯只能自己搓揉臉部，讓肌肉放鬆。

「呃……是的，事情果然如兩位所猜測的一樣。乞丐們說珍商行應該賺了不少錢，卻沒看見他們吃什麼好吃的食物，也很少施捨。」

「這麼說來，搞不好珍商行還會把那些雞蛋拿去市場賣呢。」

赫蘿一邊搓揉寇爾的臉部，一邊看向遠方說：

「也就是說，咱們上次真的是受到盛情款待嗎？」

「有可能。這麼一來，雷諾茲還在尋找狼骨的事，應該就是真的了。」

換句話說，雷諾茲是把最後的希望寄託在狼骨上。

依基曼所言，伊弗每次只會與當下能夠帶來最大利益的對象，在暗地裡進行秘密交易。

照伊弗這樣的做生意方式，除非對她有明確的意圖，不然應該不會有人想要接近伊弗。

為什麼呢？因為如果抱著「只要能夠攀上伊弗好讓自己的生意擴大，不管什麼交易都好」的想法，將是一場極度危險的賭局。沒有人知道伊弗在什麼地方、與什麼人有著什麼樣的利害關係。

如此一來，雷諾茲果然是為了得到狼骨，所以才會渴望伊弗的協助。

雷諾茲知道狼骨在哪裡，卻找不到與狼骨所有人交涉的門路，所以才想要拜託伊弗當仲介商；只要這麼推測，就能夠做出合理的解釋。

狼骨所有人很可能是有名的貴族或大主教。

然而，這些人不會與普通的商人交涉。

這些人只與資金雄厚得足以買下貴族稱號的大商人，或是貴族本身交涉。

「咱聽來的情報也能夠拉高這樣的可能性。」

「怎麼說？」

「咱聽說，在之前造成大騷動的那個城鎮，那兒的教會在這一帶非常積極地宣揚神的教誨；教會勇猛的氣勢，讓住在這條河川流域一帶、追隨教會神明的小羊們受到鼓舞。而這股氣勢呢，也延伸到了位於北方山區的異教徒大本營，在最前線與異教徒進行聖戰的勇士們，因此得到了莫大的勇氣。」

寇爾迅速挺起身子，直直看向赫蘿。

赫蘿的話語，代表著寇爾的故鄉也可能已經落入教會手中。

「不過，北方的異教徒們奮力抵抗，教會目前還是遲遲沒能讓異教徒們改變信仰，所以教會那些人要咱回到北方時千萬要小心，就算被家人親戚灌輸錯誤的思想，也不要踏上歧途。」

寇爾很明顯地鬆了口氣。那無力的模樣，讓他整個人看起來小了一圈。

教會最擅長散佈一些「雖然沒有說謊，但容易混淆聽者想法」的話語，赫蘿肯定也被迫聽了很多。

赫蘿的耐性還沒有好到能面帶笑容聆聽這種話。

如果不是心情不好，想必赫蘿不會為了捉弄人而拿他人的故鄉開玩笑。

「教會的原則，就是面對異教徒時，絕對不能表現弱勢。所以呢，教會的說詞會如此接近事實，就表示他們確實面臨著相當惡劣的狀況。還記得雷諾斯的教會想要設置主教座的事嗎？只要拿出這件事來對照一下，就能理解教會想要得到狼骨來逆轉形勢，並不是太離奇的事情。」

「是唄。咱一提到骨頭的話題，教會那些人就說：『為了證明異教徒的教誨錯得有多麼離譜，必須儘早拿到骨頭。』真是一群大笨驢。」

赫蘿以不屑的口吻說道，她的尾巴膨脹得連長袍都鼓了起來，氣呼呼地坐在床上。

看見赫蘿這般模樣，羅倫斯沒能夠說些什麼，只是輕輕嘆了口氣，然後整理起現狀：

「想必珍商行在尋找狼骨，是千真萬確的事實吧；同時，珍商行也幾乎掌握到狼骨在哪裡。換句話說，珍商行就快要把狼骨交到教會手中了。」

「咱們是不是只要去找汝說的那個什麼商行，就能解決一切呢？」

赫蘿壓低下巴、抬高視線的舉動，總會讓羅倫斯感到害怕。

看著赫蘿若隱若現地露出兩顆尖牙說話，羅倫斯搖了搖頭說：

「妳可以試著想像一下，訴諸暴力會演變成什麼狀況。到時候妳的存在勢必會曝光，教會也會憤慨激昂吧。他們想必會高喊：『異教之神確實存在！追隨正統信仰的眾人啊，拿起長劍，勇敢站起來吧！』」

赫蘿不是無理取鬧的小孩子，不可能說出「那就咬死所有反抗咱的人」這種話。

她一定明白寡不敵眾的道理，更重要的是，她當然也明白那樣的行為，會讓低迷不振的教會再次獲得權威。

「可以的話，我希望用金錢解決。若演變成最糟的情況，就用偷的好了。」

「咱怎麼可能用那麼幼稚的方法——」

赫蘿說到一半停了下來，因為羅倫斯用平靜的目光制止了她。

「大筆金錢能夠輕易地殺人。只要有錢，就是要把妳的故鄉夷為平地，也不成問題。這方法一點都不幼稚。」

羅倫斯是個商人，而商人賭上性命在賺錢。

他知道賺錢的辛苦，也知道金錢有多大的威力。

或許是覺得有些難以接受羅倫斯的說法，赫蘿低吼了一聲，別過臉去。

「不過，釐清現狀後好像也沒有找到什麼對我們有利的要素。看來還不能積極行動。」

「……為什麼？既然已經知道那家什麼商行想要得到那隻母狐狸的協助，咱們現在就有兩個選擇。」

「兩個？」

赫蘿準備發揮她被譽為賢狼的智慧了嗎？這麼想著的羅倫斯回頭一看，發現她一邊敲打寇爾的頭，一邊看似得意地說：

「這傢伙的智慧說不定能夠威脅那家商行，是唄？」

赫蘿所說的，是由珍商行所經手的銅幣之謎。

羅倫斯輕聲說道：「原來如此。」並繼續說：

「另一個選擇呢?」

聽到羅倫斯的詢問，赫蘿臉上浮現了極度奇妙的笑容，輕輕挨近羅倫斯。

他忽然有種不好的預感，這感覺沒什麼明確的原因，完全來自與赫蘿一路相處下來的經驗。

「如商行所願，先幫商行跟那隻母狐狸牽線，然後再向受到商行委託的母狐狸，問出狼骨在什麼地方就行。」

赫蘿的身高比羅倫斯矮了一個頭。

站在羅倫斯面前，赫蘿必須抬頭往上看，但嚴格說起來，是赫蘿的氣勢壓倒了羅倫斯。

「選擇威脅珍商行還比較有可能成功。況且，這個方法有明確的缺點吧?」

「是嗎?」

難道赫蘿有什麼妙計嗎?

雖然在心中這麼自問，但憑著常識做出判斷後，羅倫斯還是很明確地否定了。

「是啊。妳想想看啊，伊弗那麼做能得到什麼好處?如果我們問她狼骨在什麼地方，她的第一個反應一定是怕被我們搶走。伊弗那樣的人有什麼理由非得告訴我們……」

因為發現赫蘿露出帶有挑釁意味的笑容，羅倫斯說到一半停了下來。

他看見赫蘿的尾巴看似不悅地甩動著，猜出是怎麼回事。

「想辦法騙那隻母狐狸不就得了。汝不是很想騙咱這隻賢狼嗎?這點小事難不倒汝唄?」

正常的交易總是會敗給愛情。
這個羅倫斯在成為商人後經年累月才明白的道理，赫蘿這隻狼早就知道了。
只是，羅倫斯不明白赫蘿提出這件事時，為什麼會顯得如此不悅。
姑且不論有沒有可能實際採取行動，這確實是一種方法。
如果只是在討論這個方法的可行性，赫蘿沒道理這麼不高興啊？
看著赫蘿臉上的笑容，羅倫斯不禁感到畏怯。這時，赫蘿忽然轉頭看向後方。
「寇爾小鬼，把眼睛和耳朵摀起來。」
「咦……」
寇爾只遲疑了一瞬間。
他似乎早就被赫蘿管教得服服貼貼。看見寇爾乖乖地服從了赫蘿的指示，羅倫斯感受到赫蘿的力量之可怕。
赫蘿看似滿意地嘆了口氣，然後再度看向羅倫斯。
很遺憾地，羅倫斯是個沒有寇爾那麼受教的彆扭旅行商人。
「汝以為咱沒發現嗎？」
赫蘿收起笑容，然後抓住羅倫斯的耳朵，用力拉向自己。
「發、發現什麼——」

「只要看到沾在嘴巴上的東西，憑汝等人類的力量，也能夠猜出對方吃了什麼東西。不過，咱只要聞味道，就能夠猜得出來。既然汝等身體貼得那麼近，就算是多麼微弱的味道，咱也聞得出來。」

聽到「身體貼得那麼近」這句話，羅倫斯立刻明白赫蘿在說什麼。

在黃金之泉旁與伊弗交談後，羅倫斯很窩囊地消沉了。之後，赫蘿在酒吧二樓安慰了他。

但是，赫蘿怎麼會到現在才生氣呢？

羅倫斯察覺到有什麼不對勁的地方。

赫蘿提起羅倫斯與伊弗交談後不久的事情，還要他去騙伊弗。

然後，拐彎抹角地說什麼只要聞味道，就能夠猜出吃了什麼。

「啊！」

羅倫斯察覺到的同時，赫蘿已經把臉貼得很近很近，連她的眼睫毛都看得一清二楚。

「咱一心希望汝是個怕死的雄性。因為這樣咱可以省掉麻煩，不用教導汝勇氣與無謀有什麼不同。」

在黃金之泉旁與伊弗交談時，羅倫斯與伊弗共飲了同一杯啤酒。

旅人根本不會在意與他人共用同個容器喝東西。

不過，這只是旅行商人的常識，赫蘿不見得也這麼認為。

「妳聽我說，妳誤會了。」

雖不能強調這個旅行商人的常識，但羅倫斯至少能夠堅定地主張是個誤會。聽到羅倫斯的話語，赫蘿粗魯地鬆開羅倫斯的耳朵，一副理所當然的模樣，平靜地開了口：

「咱當然知道是怎麼回事。只是要警告汝，別想對咱有所隱瞞。」

雖然沒有很痛，但羅倫斯揉著自己的耳朵，一臉疲憊地別開視線。

既然感到不安，就直接說出來，這樣也比較可愛啊；雖然很想這麼反駁，但羅倫斯可不想被赫蘿咬斷耳朵。

而且，赫蘿說要欺騙伊弗，畢竟只是提出一個可能性。就算要賭上這個可能性，那也要等到真的無計可施的時候。

還是說，就連這種手段，赫蘿也認真在考慮嗎？

羅倫斯一邊看著她叫起乖乖趴在桌上的寇爾，一邊思考著這些事情。

他覺得自己好像能夠理解赫蘿的想法。

她是真的感到不安。

隨著狼骨傳言越來越真實，或許赫蘿的不安也越來越強烈。

「總之，咱們現在應該做的是……」

赫蘿顯得特別有威嚴的聲音，把羅倫斯的思緒拉回了現實世界。

寇爾照著赫蘿的指示，正在收拾桌上的東西。

羅倫斯正在想赫蘿到底打算做什麼時，赫蘿已在不知不覺中抽走他纏在腰上的荷包。她一邊輕輕搖著荷包，一邊說：

「汝別再死愛面子，乖乖向寇爾小鬼請教唄。當然了，如果汝說什麼也要選擇欺騙母狐狸的手段，那就另當別論了。」

羅倫斯還能夠做出什麼反應？當然是聳聳肩，然後嘆了口氣。

只有一流的商行夠格擁有玻璃窗。

一般建築物的窗戶不是什麼都沒有，頂多就是貼上泡過油脂的布。

所以不管屋外再怎麼寒冷，也大多會完全敞開木窗，讓陽光流瀉進來。

羅倫斯三人投宿的客房當然也不例外。房間裡的窗戶朝向屋外敞開，隨著傳進屋內的喧嘩聲，外頭的冰冷空氣也跟著毫不留情地吹了進來。

不過，此時此刻，羅倫斯完全感受不到吹進屋內的寒氣。

會讓羅倫斯忘記寒冷的原因，並不是他正專注地做著某一件事。

而是因為他徹底感受到何謂「茫然若失」。

「……怎麼可能……」

羅倫斯終於擠出了一句話。

他揉了好幾次眼睛，反覆確認。

當然了，攤在桌上的事實不會因為這樣而改變。

「嗯……常識確實是個麻煩的對手……不過，這也太超乎常識了……是唄？」

羅倫斯知道很多生意上的詐騙手法，這些手法越是複雜，力量就越強大。

像是兌換商的兌換詐騙，有時這種詐騙手法，就是利用古今中外的複雜貨幣匯率所構成的。

而利用買賣商品的詐騙，大多是利用複雜的騙術，不然就是利用錯綜複雜的時間軸來騙人。

當然也有單純易懂的詐騙手法，只是與手法成反比，採用這種手法的幾乎都是口才一流的詐騙師。

羅倫斯好久不曾因為單純的詐騙手法而如此驚訝了。

「呃……我不記得有幾枚銅幣，但只要用這樣的方法，再稍微調整一下，裝了五十七箱的銅幣應該就會變成六十箱……吧。」

看見羅倫斯與赫蘿都表現出極其驚訝的樣子，寇爾一臉沒自信地這麼說。

「不，一定是這樣沒錯。原來如此，這樣確實就不怕穿幫了。」

「是唄。不過，這也太……唔。」

赫蘿一臉懊惱地呻吟，還捏起寇爾的臉頰。

羅倫斯則是驚訝得連捏寇爾的精力都沒有。

進口時只有五十七箱的銅幣，出口時卻變成六十箱；現在寇爾解開了這個不可思議的謎題。

這個謎題的答案，就是採用的排列方法的差別——看是在箱子裡一列一列地整齊排列相同數量的銅幣，還是交替排列銅幣。

兩種排列方式都能夠恰好排滿箱子，如果有人偷走了幾枚銅幣，也都能夠立刻發現銅幣被人抽走。

而且，只要以口頭或文件表明「裝滿整箱的貨幣」，就不會被人發現。再說，把貨幣放進一定大小的箱子，再進行運送的方式，原本就是為了省去清點貨幣數量的麻煩，也是為了萬一在運送途中有人抽走貨幣，能夠立刻發現。所以只有領取箱子的買主，才會去注意箱子在哪個時間點、哪個場所裝了多少枚貨幣。

運送途中，根本沒有人會在意箱子裡的貨幣數量。

為什麼呢？因為關稅是針對箱子的數量來徵收，運費也是依箱子數量而定。

「不過，其他人不會發現嗎？」

「嗯？」

「咱承認寇爾小鬼很聰明，但世上有很多聰明的傢伙。如果這麼做了好幾年，應該會有人發現這樣的手法唄？」

負責運送銅幣箱，並將其送到珍商行的船主拉古薩說過，他一年運送箱子好幾次，好像已經連續運送了兩年。

的確，如果連續運送了兩年，或許會有一、兩個人發現這手法，實際打開箱子偷看過。

不過，有一點很重要。

「珍商行這麼做想必是為了節省關稅和運費，好讓自己賺取額外的利潤。不過，要證明珍商行利用這個手法賺取不法利益，必須有個條件。」

「嗯？」

「……啊！您是說明細吧？」

只要碰到必須動腦思考的事情，就是被赫蘿捏著臉頰，寇爾也不在意。

寇爾露出笑臉迅速回答，旋即回過神來看著赫蘿。

赫蘿之所以加重捏寇爾臉頰的力道，是因為他說對了。

「沒錯。必須先看到出口和進口明細，才可能懷疑珍商行是不是在做什麼不法勾當。在世上流通的商品當中，有太多商品能套用這個手法，不可能隨時抱著疑心，檢查每一樣商品吧。」

羅倫斯自認抱著小心謹慎的生活態度，卻還是有這麼多沒留意到的地方。

他伸出手拿起一枚排在桌上的貨幣，然後嘆了口氣。

「不過……」

一直在欺負寇爾的赫蘿出聲說道：

「這樣咱們就找到威脅那家商行的武器了，是唄？」

赫蘿雙眼炯炯有神地說道。

羅倫斯猶豫著該不該潑赫蘿冷水，最後判斷隱瞞赫蘿會帶來反效果。

因為失望的感覺拖得越久，會變得越強烈。

「很遺憾地……」

聽到羅倫斯這麼切入話題，赫蘿的笑臉僵住了。

「這個武器的威力可能太弱了。」

「為什麼？」

比起帶點怒意的不悅模樣，赫蘿此刻的表情更教人害怕。

但是，現在就是推翻方才的說法，也不能解決問題。

「減少三箱裝滿銅幣的箱子，以逃避關稅和運費來賺取利益。這樣的行為如果傳開來，珍商行可能要支付一些罰款，或是失去商譽。但是……」

「但是，這樣的損失和狼骨帶來的利益相差太大。就跟買這件衣服的道理一樣唄？」

赫蘿捏著自己的衣服這麼說。

雖然露出不滿的表情，但赫蘿的模樣還算鎮靜，或許她已經察覺到這是不得不接受的事實。

「就是這麼回事。如果珍商行只是抱著半好玩的心態在追查狼骨，這個武器的威力或許剛剛好吧。」

雖然赫蘿一副感到不滿的模樣，但沒有因為少了一樣籌碼而沮喪。

因為她還來不及沮喪，就發現解開銅幣謎題的寇爾早就沮喪不已。

寇爾一定很期待自己的智慧能夠幫上忙吧。

赫蘿方才不停捏著寇爾的臉頰，現在又像個姊姊一樣粗魯地摸著寇爾的頭。

「不過，這樣就表示對方很重視這件事情。而且，比起出了這招才被對方輕鬆地擺了一道，這樣還好一些唄。」

「沒錯。發現這招沒用時，再使出下一招就好了啊。」

當然了，很多事情總是知易行難。

最好是掌握得到什麼事件，能夠讓雷諾茲像重視狼骨一樣重視，但要是那麼容易就掌握得到，哪還需要這麼大費周章地奔波呢？

換個角度想，雷諾茲一定是在收集情報後，才掌握到狼骨的線索。所以，應該跟著雷諾茲的腳步收集情報嗎？

在凱爾貝經營生意的雷諾茲都有辦法得到線索，說不定基曼也知道一部分的情報內容。

雖然不知道基曼有什麼企圖，但能夠確定他想要利用羅倫斯認識伊弗這一點，要求羅倫斯做些什麼事。所以，羅倫斯應該能夠要求基曼提供情報，以作為報酬。

現在鎮上不知發生什麼騷動，短時間內恐怕很難與基曼搭上線，但羅倫斯並不在意花費這點時間等待。

他在意的問題是——

「就算我們準備思考下一招，但還是不知道伊弗什麼時候會離開凱爾貝。從她的語氣聽來，她似乎很想和這個城鎮劃清界線，早早地遠走高飛。她這一走，就不知道幾時才會回來。然後，如果雷諾茲得知伊弗打算離開，他會怎樣？」

「很可能會立刻去找那隻母狐狸。」

時間是永遠的敵人。

羅倫斯正要發出呻吟聲時，赫蘿開了口：

「這麼一來，只能想辦法騙騙那隻母狐狸。」

羅倫斯以視線反駁說：「妳剛剛那麼生氣，現在還說這種話。」

然而，到了最後關頭時，羅倫斯也不得不考慮採用這種愚蠢的手段。

現實中，有很多一旦錯失良機，就永遠沒辦法到手的東西。

如果是關係到教會權威的重要物品，從一處黑暗消失到另一處黑暗的可能性更是大。

赫蘿撥弄著寇爾的頭髮，羅倫斯則是撥弄著自己的下巴鬍鬚，兩人都思考著各種可能性。

從寇爾沒有反抗赫蘿這點來看，他想必也在思索些什麼吧。俗話說「三個臭皮匠，勝過一個諸葛亮」，但現實並沒有那麼如意。

時間不斷徒然流逝。赫蘿似乎放棄了思考，她離開寇爾走到床邊坐下，慢吞吞地掏出尾巴。

看見赫蘿的舉動後，羅倫斯看向寇爾，結果發現寇爾也正看著他。

寇爾投來彷彿在說「先休息一下吧」的眼神，臉上浮現苦笑，羅倫斯正準備點頭回應時——

「唔。」

被羅倫斯和寇爾注目著的赫蘿抬起頭，把耳朵朝向走廊的方向。

為了捉弄羅倫斯，赫蘿總是能夠正確地分辨在房外走動的腳步聲。

赫蘿的好耳力立刻得到了證實。

「羅倫斯先生。克拉福．羅倫斯先生。」

敲門聲響起的同時，傳來呼喚羅倫斯名字的聲音。

羅倫斯聽出是旅館老闆的聲音，不禁納悶他為何要特地前來客房。

在三人互相使眼色之前，寇爾已經迅速站起身子，跑向房門。

他已經預付了住宿費，也不記得有打破過向旅館借來的杯盤。

羅倫斯這麼想時，看見有點駝背的旅館老闆站在打開的門外，慌張不已地四處張望著。

「喔！原來您沒出去啊。」

「是的。請問發生了什麼事嗎？」

「喔，是這樣子的，方才有人要我把這東西交給您。」

「給我？」

旅館老闆到底特地送來了什麼？羅倫斯正納悶時，看見旅館老闆從懷裡取出一封信。

羅倫斯打開收下的信一看，看見整齊的字跡寫著：

「速至里東旅館……想討論石雕像事宜。細節交給旅館的……老闆處理？」

羅倫斯喃喃說出信件內容後，抬頭一看，發現旅館老闆的視線也落在他手中的信紙上。

然後，在與羅倫斯四目相交的瞬間，旅館老闆用力地點了點頭說：

「喔，是這麼回事啊。我馬上去準備。請問是安排一位就行了嗎？」

雖然不明白旅館老闆的意思，但羅倫斯再次讓視線落在信紙上，把信件內容繼續看完。

羅倫斯看見最後一行寫著「單獨前來」。

「我明白了。請您稍候一會兒，我這就火速去安排馬車。」

「啊……喔。」

羅倫斯給了如此少根筋的回答，旅館老闆聽了卻立刻恭敬地行了一個禮，然後快步跑開。

「怎麼回事吶？」

「不知道，我也搞不太清楚……啊！原來如此，我差點忘了這家旅館是伊弗介紹的。」
羅倫斯回到桌子旁，把信件放在桌上後喃喃唸著。
赫蘿似乎以為羅倫斯一定會把信件送到她手上，所以露出一副不滿的表情走下床。
「伊弗可能是有什麼急事找我吧，搞得這麼神秘。」
「汝一個人沒問題嗎？」
赫蘿用兩根手指頭夾起信紙，一副像在鑑定可疑物品似的模樣，皺起鼻頭嗅著信紙的味道。
看見赫蘿用力蹙緊眉頭，羅倫斯知道這信肯定是伊弗寫的。
「我會好好騙她的。」
「大笨驢。」
說罷，赫蘿重複一遍說：
「汝一個人沒問題嗎？」
這次羅倫斯沒有再開玩笑。
「如果她打算害我，應該還有很多門路才對。而且，她會這麼做，大概是有什麼理由吧。」
「……」
赫蘿看似不滿地閉上嘴巴，甩動著尾巴發出啪啪的聲響。
她可能是擔心伊弗會再陷害羅倫斯，也可能是覺得羅倫斯不可靠。

不管她怎麼想，因為信上已經寫著「單獨前來」，所以羅倫斯打算獨自赴約。

如果羅倫斯先懷疑起伊弗，伊弗一定會更懷疑他。

不過，羅倫斯擔心著要是這麼告訴赫蘿，赫蘿可能會不開心。

就在羅倫斯苦惱著不知道該說什麼時，救星出現了。

這個救星就是一直靜靜觀察事態演變的寇爾。

「沒事的，赫蘿小姐。羅倫斯先生不在的時候，我會保護您。」

聽到寇爾這奮不顧身的玩笑話，還有誰能夠忍住不笑。

赫蘿先是瞪大眼睛，跟著噗嗤一聲笑了出來。

比羅倫斯小了一輪的寇爾居然做出如此貼心的舉動，這教賢狼赫蘿怎麼任性得起來。

笑過一陣後，赫蘿輕輕嘆了口氣，叉起腰說：

「汝也聽到了唄。咱會在寇爾小鬼的保護下，等汝回來。」

羅倫斯向寇爾使了個眼色。

看見寇爾展露笑臉回應自己，羅倫斯只能心存感謝。

「我去去就回。如果有可疑傢伙來敲門，千萬不要開門啊，因為對方可能是隻狼。」

聽到羅倫斯開的玩笑，赫蘿一副彷彿在說「愚蠢至極」似的模樣，還哼了一聲。

「反正，如果沒有傳來好消息，咱不敢保證還能夠繼續保持人類的模樣。」

聽到赫蘿完全不像在開玩笑的發言，羅倫斯沒能做出回應。

因為旅館老闆已經前來呼喚羅倫斯了。不知是欠了伊弗多少人情，旅館老闆似乎真的火速安排好了馬車。

「那麼，詳細情形就請您詢問馬伕。」

照這樣子看來，里東旅館是不是真的旅館都教人懷疑。里東旅館一定只是暗指某處住家。

羅倫斯點了點頭後，跟在旅館老闆後頭走去。

決定帶著寇爾一起旅行是對的。

羅倫斯一邊回想寇爾說出那句玩笑話的表情，一邊在心中唸了這麼一句。

走出旅館後門後，沒有看見塗得全黑的馬車，只有一輛很普通的馬車等候著羅倫斯。即便如此，旅館老闆還是給了羅倫斯一件外套，要他把外套帽子壓得低低的。

羅倫斯明白伊弗想要私底下與他見面，但不明白伊弗怎麼能夠對旅館造成如此大的影響力。

就算旅館老闆欠過她什麼人情，這樣的影響力也未免太誇張了。

沒多久後，馬車抵達被稱為里東旅館的建築物，這時羅倫斯心中的疑慮變得越來越強烈。

馬車經過只要一個失誤就會卡住不動的小巷子，來到一個彷彿會看見鞋匠或桶匠不畏寒風在屋簷下大展身手似的地帶。就像伊弗帶羅倫斯去過的藏身處一樣，這區段的建築物外觀也顯得老舊泛黑，看得出來是年代久遠的老房子。

建築物對面有間可能是服飾店的工作坊，那兒有三人正忙著同心協力裁斷一大塊皮革。

貴族厭惡一切的勞動工作。

以區段來說，這裡並非上流社會人們居住的地方。

而且，自從來到這個工匠區後，羅倫斯一直感覺得到三人投來異樣的眼光。

因為只有熟面孔會出現在這種地方，所以三人理所當然會投來訝異的眼光。但是，三人投來的，是帶有不同情緒的眼光。

如果要以言語來形容，那正是監視般的眼光。

「我帶客人來了。」

駕駛馬車，戴著羅倫斯前來的馬伕一抵達建築物前方，隨即拿起拐杖敲門。

雖然馬伕率直的表現讓羅倫斯感到驚訝，但他發現馬伕的敲門方式有些奇怪，心想可能是種暗號。

過沒多久，有名男子打開大門探出頭來。男子的面孔並不陌生。

他是在三角洲上與伊弗一起行動的四名男子之中，目光不太正派的年輕男子之一。

「進來。」

然後，跟上次一樣，男子一邊打量著羅倫斯，一邊簡短地說道，跟著把頭縮進屋內。就快被捲入大事件了——雖然羅倫斯揮不去這樣的直覺，但就算察覺到這點，也不能採取什麼行動。

這種時候多害怕只是多吃虧而已。所以，羅倫斯拿出身為商人的好奇心武裝自己。向沉默寡言的馬伕道一聲謝後，羅倫斯走下馬車，一副不畏懼的模樣，伸手準備推門。

雖然大門顯得破爛不堪，很適合放在就快變成廢墟的住家上，但使用的木材質感不差，特別是推開大門時，木門也不會嘎吱作響。

羅倫斯推開大門、走進屋內後，看見方才探出頭來的男子背靠著牆壁，正在看他。

不管到什麼地方送貨，商人都必須面帶笑容。

羅倫斯笑容可掬地回應後，腰上大剌剌掛著長劍的男子指向走廊最裡面，接著閉上了眼睛。

眼前的牆壁一半是石造、一半是木造，地上沒有鋪地板，只是踏平的土壤。

這棟房子可能曾經是工匠的工作坊。

羅倫斯發出沙沙作響的腳步聲，朝向屋內走去時，嗅到了這個季節光是聞到那味道，就能夠放鬆心情的木頭燃燒味。

羅倫斯打開走廊盡頭的房門一看，發現裡頭呈現工作間兼客廳的格局。不過，現在這裡似乎只被當作倉庫使用，裡頭堆放了木箱和桶子，沒有什麼生活感。

房間的左側有一座壁爐，壁爐四周勉強比較像是人們可以生活的空間。

「有沒有嚇一跳？」

坐在暖爐前方的椅子上取暖，閱讀著羊皮紙束的伊弗抬起頭問道。

說伊弗像是閱讀人民陳情書的女貴族，還有那麼幾分像。不過，當伊弗回過頭時，羅倫斯不禁感到有些吃驚。

因為他看見伊弗紅腫的左嘴角。

「很冷耶，快關上門。不過，門不會鎖上喔。」

羅倫斯花了點時間，才理解伊弗是在開玩笑。

伊弗再怎樣也不可能是跌倒撞傷嘴角，所以應該是被人毆打的。

「抱歉啊，突然把你叫來。」

「……不會。能被美女叫來秘密的小窩，是我的榮幸。」

面帶笑容開玩笑時，就表示這個玩笑話不好笑。

一臉正經地開玩笑時則恰恰相反。

「秘密的小窩啊……總之，先坐下來吧。不過很遺憾地，這回我不提供餐飲服務了。」

伊弗說著比了一下空椅子，在羅倫斯坐下前，她已經把視線拉回羊皮紙上。

「雖然俗話說『金窩銀窩不如自己的狗窩』，但我認為，妳若是想把這裡當作狗窩，好像還不夠溫暖呢。」

伊弗把左手倚在桌子上，保持面向壁爐的姿勢，一直看著手邊的羊皮紙。

她沒有回應羅倫斯的話語。

「不過，這樣夏天很涼爽，應該不錯吧。」

「現在是冬天耶。」

聽到伊弗心不甘情不願地應了一句，羅倫斯笑容可掬地說：

「那更好啊。出去外面的時候，會覺得很暖和。」

這時伊弗總算抬起了頭。

雖然嘴角的傷看起來很痛，但伊弗的眼角似乎愉快地浮現笑意。

「呵呵，一點也沒錯。我還真想趕快出去。」

「為什麼妳要待在這裡？」

想到男子八成在門外偷聽，羅倫斯便沒有直接說出：「妳被關在這裡嗎？」

伊弗嘆了口氣，然後把羊皮紙束放在桌上，開口說：

「如果是你，也會把重要武器藏起來，好在緊要關頭使用吧？」

「……確實是這樣沒錯。」

伊弗身為前貴族，又是個連精明的商業公會幹部基曼也會表示敬意的存在。這樣的她對凱爾貝的地主們而言，或許真的是張王牌。

羅倫斯以視線掃過桌上的老舊羊皮紙，根據文章的編排位置以及固定的句型，看出那是土地交易的文件。

也就是說，伊弗被關在這裡，獨自進行作戰會議。

「不過，我會被關在這個有人佩帶長劍監視、房門上鎖的地方，並不是因為受到這個合約連累。我會叫你來，更不是為了邀你跟我一起冒險。」

這句話——是在以木材與皮草著名的城鎮雷諾斯，曾經邀羅倫斯合作極度危險交易的伊弗才會開的玩笑。

僵住笑臉的羅倫斯不是在演戲。

「不過，幸好被抓了。要不然今晚我就不能張大嘴巴咬麵包了。」

羅倫斯知道愉快的閒聊時間結束，即將切入正式的商談。

伊弗話中的意思很簡單。

她的意思是毆打她左臉頰的人，也會毆打她的右臉頰。

「我叫你來只有一個原因，鎮上不是發生騷動嗎？」

「是啊……好像是這邊的漁夫船隻在南邊靠了岸。」

「沒錯，這時機真是巧得就像上天安排好的一樣。我們才剛剛離開三角洲回到這邊，就傳來了這個消息。凱爾貝只要隔了一條河，就是兩個完全不同的城鎮。鎮上要是發生什麼騷動，為了避免造成混亂，渡船會跟著停駛。在鎮上大家都認得我們，所以騷動明明才剛剛發生，我們卻已經搭不了船。我們派去收集情報的那些密探雖然順利到了南邊，但還是來不及趕回來。」

雖然羅倫斯是一個城鎮接著一個城鎮不斷旅行的旅行商人，所以不會遇到爭奪地盤的問題，但還是能夠理解爭奪地盤會造成什麼狀況。

羅倫斯明白了伊弗把他叫來，又說這些話的目的。

只是，他不知道這個目的有多重要。

雖然商人的直覺告訴羅倫斯，這應該不至於重要到必須挺直背脊面對的地步，但是——

「憑你敏銳的觀察力，應該已經猜出我的目的了吧?我需要你所知道的情報。你一定是待在三角洲上的洋行，待到渡船停駛前一刻才離開的，應該有聽到些什麼情報吧？」

從伊弗的口吻聽來，她像是早就知道羅倫斯去過洋行一樣。

不過，這也是很合理的事情。因為伊弗本來就知道羅倫斯隸屬於羅恩商業公會，所以她要猜出羅倫斯去過洋行並不難。

然而，在這個狀況下聽到伊弗這麼說，羅倫斯當然會懷疑把伊弗關在這裡的那些傢伙，有可能派出了手下監視自己。

當然了，這也可能是伊弗故意要讓羅倫斯這麼想的陷阱。

「只聽到一些而已。」

「那也沒關係。」

羅倫斯讓視線落在桌上的羊皮紙，目的是為了思考要隱瞞伊弗多少情報。

然而在幾秒鐘後，當羅倫斯再抬起頭時，已經毫無隱瞞地說：

「南邊商行的船隻拖走了屬於這邊的船隻。雖然不知道船上載了什麼貨，但聽說是要以長劍護衛，而且值得送進教會的東西。」

雖然羅倫斯沒有要求回報，就一五一十地說出對方想要知道的情報，但並非沒有任何意圖。

「……你說的是謠言嗎？」

「我的旅伴好像經過了教會附近。」

聽到羅倫斯這麼說，伊弗吐了一大口氣，跟著閉起眼睛，抬頭面向天花板。

然後，她立刻挺起身子，睜開眼睛說：

「果然是這樣沒錯。」

羅倫斯沒有說謊是正確的選擇。

對於羅倫斯口中的一丁點情報，伊弗可沒有那種閒工夫打心理戰。

「幸好你不是個吝嗇的小人物。」

「如果我是個大人物，就不會滿不在乎地被人叫來這裡。」

「說得也是。不過，世上有很多大人物無法通行的小路。」

對伊弗而言，向羅倫斯打聽鎮上發生的事，應該是沒什麼勝算的賭注。

就算羅倫斯真的一直待在洋行，也不見得一定能夠得到情報。

即便如此，伊弗還是避人耳目地把羅倫斯叫來這裡，無疑是另有目的。

對於這個目的，羅倫斯原本只是抱著模糊的猜測，但聽到伊弗的話語後，他大致描出了那個輪廓。

「妳要我走小路？」

「你在凱爾貝算是擁有特異立場的人。你跟這個城鎮根本沒什麼交流，卻能夠與這個城鎮的人最想有所交流的對象愉快地對話。」

伊弗莞爾一笑，連眼睛都瞇了起來。

聽到伊弗的話語後，羅倫斯腦中閃過基曼聽到他認識伊弗時的表情。

「當然了，我不會讓你做白工。這件事情是把我關在這裡、肚子大到會卡在小路上的傢伙要我提出來的。」

伊弗拿起一張羊皮紙揮了揮。

那是一張簽了名，也蓋過章的合約。

以舊字體簽訂的合約，記載著關於凱爾貝三角洲的事情。

「很遺憾地，我擁有的金錢財物都稍嫌不足，但還是握有人脈和權力。在生意上，能夠帶給你很大的助力。」

「束縛力呢？」

聽到羅倫斯這麼說，伊弗收起臉上裝出來的笑容，面無表情地說：

「……也會有。」

然後，伊弗摸了摸自己的左臉頰，又看了看手掌確認有沒有沾到血。

「你都不問我怎麼會受傷啊？」

「妳怎麼會受傷呢？」

聽到羅倫斯立刻反問道，伊弗晃動著肩膀笑笑，然後像個城市女孩一樣掩住嘴巴。

伊弗看起來真的很開心的樣子，但這樣反而讓人為她心疼。

「真是被你打敗了。我會想要找你做這件事，不只是因為你的立場最合適。」

「不過，讓我去冒險，也不會害得妳站不穩雙腳。」

兩人此刻不是在閒聊。

只有在願意免費為對方冒險的時候，才能夠放下戒心。

「我乘隙攻擊跟你完美防守，並非同樣困難的動作。」

「是啊。因為經常跟我的旅伴互動，所以我切身了解這點。」

羅倫斯知道自己一味地防守，早晚會輸給伊弗。

她點了點頭，然後露出正經的表情說：

「我想八九不離十了吧，我們這邊的漁夫應該是抓到了一角鯨。」

「……」

羅倫斯就快說出「一角鯨」時，慌張地轉身看向後方的房門。

「那傢伙不是負責偷聽人家說話這種小事的角色。把我關在這裡的傢伙雖然這麼對待我，但其實很怕我會不顧一切地鬧起彆扭。」

雖然羅倫斯不知道伊弗說的話有多少可信度，但就算懷疑也無濟於事。

他點了點頭，然後重新面向前方，再次詢問：

「一角鯨，就是那個吃了會長生不老的生物？」

「沒錯，就是頭上長了一支角的海獸。吃下一角鯨的生肉，能夠長生不老，把牠的角磨成粉喝下去，還能夠治癒萬病。」

羅倫斯一直相信這是一種迷信，而伊弗的口吻當然也不像把這種話當真。

「我聽說一角鯨這種生物，如果沒有待在像冰塊一樣冷的環境裡就會死掉，有可能來到這麼偏南的地方嗎？」

「照船夫所說，北方海域要是起暴風狂浪，那邊的魚或生物有時候也會被沖到這裡來。不過，我也不曾聽過一角鯨被沖到這裡來。一般會交易的，大多是把鹿角或鹿骨說成是一角鯨骨頭的東西。」

在各地的傳言中，都聽得到能夠長生不老、或治癒萬病的靈丹秘藥。

而且，這種東西越是在異教徒之地上找到，正教徒們就越相信其功效。

人們會希望自己死後能前往沒有衰老病痛，只有安定幸福的世界，就證明了這個世界並非充斥著安定和幸福。同樣的道理，至少在教會宣揚教誨的地方，一定找不到長生不老的藥。

像是遊走各地，也見聞過各處商品或商談的商人與旅人，以及經常與死亡和衰老為伍的傭兵們，當然都知道這些靈丹秘藥全是冒牌貨，是一種迷信。

然而，就是有些傢伙不知道。

被土地束縛，沒踏出領土過的貴族，就是典型的例子。

如果是活生生的一角鯨，想必各地的貴族都會抱著鉅款趕來購買吧。

「不過……這麼說來，該不會……」

「沒錯。如你所料，要是得到一角鯨，北邊的傢伙們就能夠上演一場巨大的逆轉戲碼。」

聽到事態的嚴重性，羅倫斯不知道自己一瞬間縮起身子，還誤以為椅腳斷了。

怎麼看也知道凱爾貝南、北兩地的關係欠佳，而現在鎮上抓到了能夠瞬間逆轉局勢的東西。要發生戰爭了。

羅倫斯的直覺這麼告訴他。

「南邊那些傢伙說什麼也想要控制住北邊。如果雙方的立場對等了，他們會很傷腦筋的。我們這方如果得到一角鯨，把賣掉一角鯨的錢拿來還債，他們還得找我們錢呢；或者是，我們也可以抱著不惜一戰的覺悟，找來某處的領主當作靠山。如此一來，他們當然說什麼也不願意讓我們得到一角鯨。他們只要搶走一角鯨再賣掉，就能夠一石二鳥。那金額很嚇人呢。」

一角鯨之所以會被送進教會，想必是為了多少形成一些牽制力，以免北凱爾貝訴諸武力。

如果北凱爾貝攻進教會，那等於是在向教會宣戰。

「如何？你不覺得如果穿過了這條小路，可以看到很不得了的東西嗎？」

伊弗說的一點也沒錯。

羅倫斯是羅恩商業公會會員，而伊弗一定是打算無所不用其極地利用他的這個身分。

凱爾貝南、北兩地的人們可說關係相當惡劣。

而在此地，能夠與伊弗有所交流、在鎮上又不會引人注意的羅倫斯，無疑是個稀有的存在。

因此，他或許是個最適合當密探的人選。

但是，有件事情羅倫斯隻字未提。

他已經告訴了基曼自己認識伊弗。

「如何？你願意做嗎？不對……」

伊弗刻意地甩了甩頭，再度直視羅倫斯說：

「你要什麼回報，才願意做呢？」

這無疑是要羅倫斯去做背叛公會的行為。

伊弗當然也明白這一點，而且她一定也知道對南方人而言，商業公會是什麼樣的存在。

伊弗明明知情，還提出這樣的提議。

那是因為伊弗有自信無論羅倫斯要求什麼回報，只要是羅倫斯張開雙手抱得住的東西，她都有辦法讓羅倫斯如願。

還有一個原因是，這件事情確實牽涉到足以讓伊弗有這般自信的龐大利益。

「可以讓我考慮一下嗎？」

伊弗沉默地搖了搖頭。

羅倫斯如果拒絕了伊弗要他當密探的請求，就算伊弗當場視他為敵，也不足為奇。

不對。不管狀況如何演變，羅倫斯都應該抱著可能被視為敵人的想法來應對。

這麼一來，他絕對不能夠猶豫。

他一猶豫，就表示不知道自己應該站在哪一邊，這樣的密探哪還有什麼信用可言。

然而，羅倫斯感到猶豫。

雖然不知道基曼有什麼企圖，但可以利用這件事情。

如果告訴基曼這件事情，基曼會有什麼反應呢？

如果變成基曼的走狗，能夠為自己帶來多少利益呢？

非同尋常的莫大利益在天秤兩端不停堆高，不肯輕易傾向某一端。

商人當然會思考損益。

不，應該說除了損益之外，商人還能思考什麼？

「上次是提到狼骨吧？」

伊弗單刀直入地這麼說。也不知道是識破了羅倫斯的心聲，還是一開始就打算把這個當作交涉條件。

「我想你們的直覺敏銳，應該已經隱約察覺到雷諾茲是認真的了吧？還有，那傢伙想要得到我的協助。」

伊弗臉上浮現淡淡的微笑。

如他們所料，雷諾茲果然是認真在尋找狼骨，而伊弗也知道這件事情。

照這情形看來，伊弗可能也已經猜出雷諾茲想與什麼對象牽上線。

「……妳知道這狀況，還幫我們寫了介紹信？」

「生氣了啊？」

「怎麼會，我很高興我們猜對了。」

伊弗臉上浮現自嘲的笑容，然後從椅子上起身，拿起兩根木柴丟進暖爐裡再坐回椅子上。

「北邊很少有人能夠燒木柴取暖，幾乎都是燒泥炭。」

「不過，聽說這邊比較多人會施捨給窮人。」

「咯咯。如果是那小鬼，不管去到哪裡，都會很受歡迎吧。」

羅倫斯真想看看伊弗的手掌心流了多少汗。

雖然伊弗的表情不斷變化，但羅倫斯當然看得出她都沒有說出真心話。

「如何啊？這應該不是太差的提議吧。」

「這提議應該不會太差。」

然而，惡魔總是先提供強大的能力，再換走人類的性命。

羅倫斯如果接受這個提議，肯定會造成公會的利益損失。

不僅如此，如果事情穿了幫，羅倫斯不是被公會放逐，就是必須接受制裁。

雖然赫蘿說沒什麼好擔心，但基曼突然改變態度時的冷漠表情，已經深深地烙印在羅倫斯的腦海裡。

不用說是失去商人身分，就是說羅倫斯還可能失去性命也不誇張。

「你見過基曼了啊？」

羅倫斯的臉上沒有驚訝，但不是因為他的自制力發揮了作用。

這是因為伊弗的話語太過準確，讓他驚訝得連表現情緒都忘了。

「你去洋行收集情報，交談中一定會提到我的名字吧。我都能夠想像出那傢伙聽到我的名字時會有什麼反應了。」

伊弗一副純粹感到開心的模樣說道，就好像聊起舊日結識的老友一樣。

還是說，對伊弗而言，就連基曼也只是一般程度的對手？

羅倫斯告訴自己：「不對，不可能。」

「是啊……他是一位很優秀的商人。」

「的確是。每家公會裡都會有天賦過人的傢伙，那傢伙就是其中一人。」

伊弗用著活潑生動的口吻這麼說。

「基曼先生怎麼了嗎？」

「你還是別逞強吧。那傢伙執拗地想要害我，你一定被他狠狠威脅過吧？」

伊弗瞇起眼睛問道，那眼神就像在染上銀色的冰之森林出沒的狼一樣。

「……是啊。」

「不過，那傢伙確實是個狠角色。我也好幾次被他害得燙傷了嘴。」

伊弗凝視著桌面，嘴角浮現淡淡的笑意。

越難笑的回憶，越容易勾起笑意。

不過，伊弗沒有那麼多時間沉浸在回憶之中。

「欸。」

「什麼事呢？」

伊弗爽快地說：

「你要不要乾脆脫離公會啊？」

在感到驚訝之前，羅倫斯便覺得這句話愚蠢極了。

「脫離公會的商人還能去哪裡？」

公會擁有廣大的商業網、無數的特權、知名度，以及這些優勢所伴隨的各種利益。

還有，公會能夠帶給人們同伴存在於世界各地的安心感。

踏出公會的庇護傘外，就跟某天突然破產沒什麼兩樣。

「你可以到我這兒。」

伊弗一邊用手指撥動羊皮紙角，一邊喃喃說道。

「到妳那兒？」

「嗯，你可以到我這兒。」

羅倫斯腦中閃過雷諾茲說的「波倫商行」四字。

難道波倫商行真的存在？

這時，伊弗忽然看向遠方，指著自己的嘴角開口說：
「我會被關在這裡，是弄傷我嘴角的傢伙下的命令。」
伊弗指著自己嘴角的手指，和赫蘿的手指有些不同。
那是細長白皙，但顯得有力的女子手指。
羅倫斯抱定決心，要學船夫用鉛塊塞住耳朵，以免被人魚歌聲蠱惑。
「那傢伙是簽訂這張三角洲合約的地主的孫子。他雖然小我兩歲，但有著不輸給我的敏感神經，以及對金錢的強烈執著。還有，他對我似乎也一樣有著強烈的執著。」
伊弗露出自嘲的笑容。
羅倫斯不禁覺得她的表情有些落寞。
「那傢伙夢想著離開這個城鎮。他一臉認真地說要得到一角鯨，然後帶著這個資金當本錢，南下設一個大商行。他還用打了我嘴角的右手抓住我的肩膀，憤慨地說：『如果跟妳聯手合作，一定能比我家的那些老頭還要成功。』」
說到這裡，伊弗停了一會兒，羅倫斯知道她做了一次深呼吸，以掩飾自己差點輕笑了出來。
不過，伊弗吞下的笑容在她的意願下化成了真實的情緒呈在臉上。
「如果不趁這個機會背叛他，怎麼說得過去呢？」
伊弗說出驚人的發言。

她之所以想要說服羅倫斯，原本是要羅倫斯背叛公會，然後收集有關一角鯨的情報。這麼做是為了讓地主們重新拿回在凱爾貝的主導權。

然而，這只是表面上的理由。真正的理由是，對伊弗直接下令的地主兒子企圖得到一角鯨，然後捨棄凱爾貝南下。

而現在，伊弗企圖背叛這個地主兒子。

她在羅倫斯面前說出這樣的企圖。

用她那已經背叛地主兒子的嘴巴親口說出。

「基曼應該會想利用我才對。」

羅倫斯的思緒跟不上伊弗的話語。

伊弗說出的每一句話都太沉重，使得羅倫斯來不及切換思緒。

「因為基曼知道那個浪蕩子愛我愛到無法自拔。而他應該是想透過我設計那個浪蕩子。」

羅倫斯覺得自己就像矇住眼睛上戰場一樣。

伊弗用羅倫斯不知道的情報、不可能知道的情報，還有他甚至無法判斷真偽的情報，畫出了一張圖。

就算做了說明，羅倫斯也看不懂這張圖。

他怎麼可能會懂。

「基曼的目的是為了徹底打擊地主們，讓他們無法東山再起。我想基曼八成打算跟他們簽訂讓渡一角鯨的合約，然後換取土地權。到時候基曼得到了土地權狀，兒子則帶著一角鯨逃跑。你一定覺得很莫名其妙吧？不過，你想想我如果親口跟那個浪蕩子這麼說，他會怎樣？所謂正常交易總會怎樣呢？」

為了不讓觀眾窒息，伊弗提出了觀眾也能夠回答的問題。

「總會敗給愛情。」

或許是羅倫斯沒有從椅子上站起來的關係吧，總之伊弗滿意地點了點頭。

「我當然能夠理解基曼想要這麼做的理由。老人家厭惡見到變化。就算是有所改變會比較好的狀況，事到如今他們也沒有那股魄力去改變這個長年不變的環境。無論是北邊或南邊都一樣。還有，兩邊的年輕一輩也都一樣感到憤慨。基曼現在一定拚命在思考該怎麼做，才能夠刷新凱爾貝這個在微妙平衡下運作的城鎮，並且贏過其他公會或商行，讓自己的知名度大大提升。為了達到這個目的，他會伶俐地、合理地，並且以個人利益為優先地，思考要如何利用什麼對象。」

「或許妳也在思考怎麼利用基曼畫出來的這張圖，對我設下陷阱。」

羅倫斯好不容易才擠出這麼一句話。

伊弗朝向羅倫斯攤開一隻手掌心，做出投降的姿勢。

羅倫斯當然知道伊弗根本沒把他當成對手。

「妳說的這些事情是真是假，我無從確認起。在這種時候，妳認為我會憑著什麼做出判斷？」

把羅姆河流域視為自己地盤的狼，看似開心地笑著回答說：

「過去的經驗。」

「畢竟我曾經被騙了一次。」

「你說的沒錯。不過，以前的商人有句話說得很好。」

看見伊弗揚起嘴角，羅倫斯不禁懷疑，嘴角底下怎麼會沒露出尖牙。

「就當作被騙，先上船再說。」

說罷，伊弗咯咯笑個不停。

那模樣就像喝醉了酒一樣。

不，她是真的醉了。

這是個像是在一張錯視圖當中，還有另一張錯視圖似的詭異局勢。

羅倫斯下定決心，站起身子。

他告訴自己繼續留在這裡，只會更危險罷了。

「你的答案是『不』，沒錯吧？」

明明才剛結束讓人醉得都快站不穩的對話，伊弗的聲音卻像寒冬裡的河水一樣冰霜。

或許就是因為這樣，羅倫斯才感覺到一股寒意爬上背脊。

「基曼應該會要求你提供協助。因為你的立場非常方便。對了……」

伊弗一邊露出看似愉快的笑容，一邊繼續說：

「珍商行的泰德・雷諾茲很想利用我的人脈。只要我願意配合，他一定會在我耳邊輕聲說出想要交易的對象。你們不是在追查狼骨嗎？」

伊弗・波倫——好一個曾為貴族的女商人。

羅倫斯在下意識中，已經握住纏在腰上的小刀。

「如果你以為我手無寸鐵，那就大錯特錯了。」

伊弗收起了笑容。

雖說在門外監視的男子沒有在偷聽，但腰上可是掛著長劍。男子總不可能是隨隨便便找來的小混混。

而且，械鬥不是商人應該做的事情。

羅倫斯緩緩鬆開握住小刀的手，然後行了一個禮，轉身背對伊弗走了出去。

當羅倫斯握住門把，準備開門的瞬間，傳來了伊弗的話語：

「你會後悔的。」

伊弗與基曼說了一樣的話。

羅倫斯咬緊牙根，打開了房門。

走廊上負責監視的男子依舊閉著眼睛，背靠著牆壁。

在他沉默地與男子擦身而過時，羅倫斯朝向男子一看，發現他腰上的長劍已經解開劍釦，隨時準備拔出長劍。

「別把事情說出去啊。」

然後，男子這麼喃喃說了一句。

別說回答，羅倫斯連點個頭都沒有，但並非因為不用多說他也知道不能把事情說出去。

而是他根本沒辦法把事情說出去。

早在好幾年前，羅倫斯就自認已經是個能夠獨當一面的旅行商人，對於自己在世上是多麼渺小的存在，也早已有所理解。

明明這樣，他卻偷看到了。那是令人噤若寒蟬的結構，其中的一小部分。

那些人以令人難以置信的金額在下賭注。

他們是住在完全不同世界的人。

這樣的想法在羅倫斯腦中揮之不去。

他打開玄關門一看，發現有輛為他準備的馬車等候著。

「先生，請上車。」

馬伕後方的三名工匠依舊忙著裁剪皮革。

羅倫斯早就發現了。

三名工匠其實是在監視。

羅倫斯收下馬伕遞出的外套，一邊把外套帽子壓得低低的，一邊坐進馬車。

伊弗已經那麼明白地說出她的盤算，不可能就這麼放過羅倫斯。羅倫斯自問：「應該向基曼要求庇護嗎？」

或者也可以選擇立刻逃出凱爾貝。

應該盡速逃離行情不明的市場，不要進行任何交易才對。

羅倫斯陷在沉思之中，當他發覺時，馬車已經抵達了旅館後門。

他僵硬地向馬伕道過謝，從後門走進旅館後，深深嘆了口氣。

可能是聽到開關後門的聲音，旅館老闆來到了後門，於是羅倫斯把外套還給了他。或許是羅倫斯的臉色太難看，旅館老闆貼心地勸羅倫斯喝些東西，但羅倫斯拒絕了他，直接走回房間。

上上策就是在被基曼發現這裡之前——或是在他認真起來之前，趕緊逃離。

這麼一來，就會失去有關狼骨的線索。

不過，現在已經知道珍商行是認真在追查狼骨，所以可以前往其他城鎮，再以珍商行為中心收集情報。

羅倫斯伸手握住門把，打開房門。

在暴風雨慢慢逼近的此刻，應該先守住自己乘坐的小船。

不管是技巧再好的畫家，一定都無法畫出羅倫斯下一刻的表情。

「汝啊，有人送這東西來。」

赫蘿高舉手中的羊皮紙，讓它朝向羅倫斯。羊皮紙上蓋了羅倫斯一眼就能認出的印章。

那是羅恩商業公會的公會印。

要說那鮮紅色的蠟印看起來就像惡魔的簽名，一點也不誇張。

明明口渴到不行，羅倫斯卻拚命地想要吞口水。

公會早就知道羅倫斯投宿在哪家旅館了。

基曼是認真的。

還有，伊弗說的話也是真的。

整件事情在羅倫斯背後悄悄進行著。

巨大的齒輪早已發出嘎吱聲響，轉動了起來。

待續

後記

好久不見，我是支倉凍砂。

如標題所示，這次的作品分成上、下兩集，而這本是上集。

大家可能會納悶為什麼要分成上、下兩集，但我怕光是解釋原因，就夠我寫成一本書，所以還是解釋重點就好。最大的原因就是，我沒辦法從故事大綱估計一共會寫出多少頁數。

我自認只寫下必要的內容，無奈頁數卻一直爆增。

雖然我備嘗艱苦地刪除頁數，一度完成了原稿，但因為內容偏多，加上感覺有點亂七八糟的，所以決定分成上、下兩集，然後針對下集進行修改。

所以，也就促成了連續兩個月出刊的美妙記錄……才怪。下集可能要隔一小段時間才會出刊，還請大家耐心等候。

羅倫斯在下集裡的表現應該會很帥氣。

至少在故事大綱上是這樣沒錯！

對了，在這裡跟大家報告一下，我上次吃了一種非常罕見的食物。

那就是——亞洲黑熊背部的生肥肉。

那家店老闆的打獵功夫一流，他在沖繩獵琉球山豬、在奈良獵鹿，然後把獵物抓到店裡，料理給客人吃。啊，我說獵鹿是騙大家的，不過聽說老闆真的會獵山豬喔。

好了，把話題拉回亞洲黑熊背部的肥肉。

還沒吃亞洲黑熊的背部肥肉之前，人家告訴我吃起來就像馬鬃一樣地滑順，實際吃的感覺，很像不帶鹹味的奶油。一放進嘴巴，背部肥肉立刻在嘴裡融化，那味道完全沒有腥味，還帶著淡淡的油脂鮮味，而且背部肥肉沒有筋，所以真的很像在吃奶油。

那家店位在被高樓大廈包圍的小巷子裡，店門口放了折疊椅，還把裝了啤酒的冰箱當成餐桌來使用。一方面可能是因為在如此充滿純樸味的環境下，吃了亞洲黑熊的背部肥肉，所以吃起來感覺特別好吃。

寫著寫著，突然覺得好想吃燒肉，晚上去吃好了。

我看篇幅也夠了，就寫到這裡吧。

那麼，我們下集再見了。

支倉凍砂

國家圖書館出版品預行編目資料

狼與辛香料. Ⅷ, 對立的城鎮 / 支倉凍砂作
; 林冠汾譯. -- 初版. -- 臺北市 : 臺灣
國際角川, 2009.05-
冊 ; 公分. -- (Kadokawa fantastic novels)
譯自 : 狼と香辛料. Ⅷ, 対立の町
ISBN 978-986-237-090-2(上冊 : 平裝)

861.57 98006428

Kadokawa
Fantastic
Novels

狼與辛香料 VIII
對立的城鎮〈上〉

（原著名：狼と香辛料VIII 対立の町〈上〉）

2009年5月15日 初版第1刷發行
2024年6月17日 初版第14刷發行

作　　者：支倉凍砂
插　　畫：文倉十
日版設計：渡辺宏一
譯　　者：林冠汾

發 行 人：台灣角川股份有限公司
總　　監：呂慧君
總 編 輯：蔡佩芬
主　　編：林秀儒
編　　輯：黎夢萍
設計指導：陳晞叡
美術設計：莊捷寧
印　　務：李明修（主任）、張加恩（主任）、張凱棋、潘尚琪

發 行 所：台灣角川股份有限公司
地　　址：104台北市中山區松江路223號3樓
電　　話：（02）2515-3000
傳　　真：（02）2515-0033
網　　址：www.kadokawa.com.tw
劃撥帳戶：台灣角川股份有限公司
劃撥帳號：19487412
法律顧問：有澤法律事務所
製　　版：巨茂科技印刷有限公司
ＩＳＢＮ：978-986-237-090-2